Rúnin the Great

마도군주

Rimm the Great

마도군주

4

신 하르페 왕국

진천(振天) 퓨전 판타지 소설

BBULMEDIA FANTASY STORY

뿔미디어

차 례

Chap.
37

티마르 공작의 최후

1

후아아앙!

티마르 공작이 만들어 낸 광풍이 매섭게 주변을 집어삼키기 시작했다.

"하늘을 봐!"

"순식간에 검게 변했어!"

샤이니아란 8레벨 마법사의 존재에 안도하고 있던 병사들의 입에서 절로 비명이 터져 나왔다.

그저 남의 일처럼만 느껴졌던 이전과는 달리 살을 에는 듯한 바람이 온몸을 부들거리게 만들었다.

"이놈들!"

"물러서지 마라!"

동요하는 병사들을 향해 기사들이 검을 뽑아 들었다. 허둥 대지 말라며 악을 질렀다.

본디 적 마법사들이 고위 마법을 사용하는 건 병사들에게 두려움을 심어 주기 위함이다.

그 겉모습에 현혹되면 제대로 싸워 보기도 전에 겁부터 날 것이다.

"자리를 지켜라!"

"도망치는 자는 목을 베겠다!"

몇몇 기사들이 날 선 목소리로 소리쳤다.

그것이 통한 것일까.

우왕좌왕거리던 병사들의 소란도 잠시 진정되는 것처럼 보였다.

하지만 그것도 잠시.

"으아아아!"

"피, 피해!"

바람이 더욱 거세지자 자신도 모르게 비명을 내지르기 시작했다.

그것은 기사들도 마찬가지.

"큭!"

"이, 이것은!"

조금 있으면 잦아들 것이라 여겼던 마법이 빠른 속도로 다가오자 기사들도 가슴이 철렁 내려앉았다.

"저런 멍청한 녀석들! 기사란 놈들이 겁을 내면 병사들은 어쩌란 말이야?"

멀찍이서 지켜보던 로데우스가 분통을 터뜨렸다. 마음 같아서는 당장에라도 기사들에게 달려가 머리통을 쥐어박아 버리고 싶었다.

그러나 하이베크는 이해한다는 반응이었다.

"로데우스, 진정해."

"진정하라니? 고작 인간이 만들어 낸 어쭙잖은 마법에 여태껏 훈련시킨 녀석들이 바들바들 떨고 있는 게 안 보이나?"

"우리 눈에야 어쭙잖아 보이겠지."

"……뭐?"

"저들은 인간이야, 네 말처럼 진정한 마법이 무엇인지조차 모르는."

"무슨 말을 하고 싶은 거냐?"

"말 그대로 마법의 실체를 보지 못하기 때문에 더 겁을 낸다는 거야."

"……!"

이곳까지 오는 동안 단리명을 따르는 7만 병력은 제대로 된 마법을 겪어 본 적이 없었다.

갑작스럽게 하늘이 번쩍이거나 뜨거운 불덩이가 떨어져 내리기라도 하면 기다렸다는 듯이 샤이니아가 나타나 마법을 막아냈다.

그 과정에서 자연스럽게 마법은 별것 아니라는 편견이 생겨
났다.

이번에도 마찬가지.

마법 공작이라 불리는 티마르 공작을 상대해야 한다는 사실
에 긴장하기도 전에 샤이니아가 나섰다.

그녀는 단신으로 티마르 공작의 마법 병단을 억누르고 견고
한 성벽까지 무너뜨렸다.

그것이 얼마나 대단한 일인지 기사들과 병사들은 실감하지
못했다.

그들에게는 불꽃 튀는 마법 대결이 그저 화려한 볼거리에
지나지 않았다. 그렇다 보니 마법이 얼마나 위험한 것인지를
제대로 깨닫지 못했다.

물론 대부분의 병사들은 마법을 직접 경험해 봤다. 이번 원
정을 떠나기 전에 샤이니아의 도움을 받아 마법 공격을 피하
는 법이나 마법 함정에 빠졌을 때 대처하는 법 등을 배우고 익
혀 왔다.

그러나 그것은 연습일 뿐 실전은 달랐다. 또한 안전하게 구
현된 마법과 오로지 살상을 목적으로 끌어낸 마법의 위력도
확연히 달랐다.

게다가 하늘을 뒤덮은 거대한 소용돌이는 인간이 끌어낼 수
있는 마지막 경지라고 알려진 8레벨의 마법이다.

그 위력 앞에 기사들이나 병사들이 움츠러드는 건 결코 비

난 받을 일이 아니다.

"그렇다면 구경만 하고 있을 때가 아니잖아! 샤이니아, 저 녀석은 대체 뭘 하고 있는 거야?"

뒤늦게 병사들의 심정을 이해한 로데우스의 불똥이 이번에는 샤이니아에게 튀었다.

인간들에게는 하늘을 뒤덮은 검은 폭풍이 대단하게 느껴질지 몰랐다. 하기야 7레벨도 아니고 8레벨에 이름을 올리고 있는 마법이니 그럴 만도 했다.

그러나 드래곤들의 입장에서 봤을 때 눈앞의 마법은 8레벨의 마법이 아니었다.

티마르 공작은 제대로 마나를 공급하기는커녕 쥐어짜 낸 것조차 통제하지도 못했다. 다급히 주문을 외우고 그 위에 마나를 실은 것뿐이다.

엄밀히 말해 지금의 디스피어 오브 게일은 겉모습만 8레벨일 뿐 실제 위력은 7레벨에도 미치지 못했다.

잠깐의 깨달음으로 8레벨 마법을 쥐어짜 냈다는 것 자체가 대단해 보이지만 그뿐이다.

저 정도 마법이면 8레벨의 마법사로 분한 샤이니아가 충분히 처리할 수 있다. 마나를 간섭하는 것 만으로도 위력을 절감시킬 수 있다.

하지만 무슨 일인지 샤이니아는 하늘만 올려다 본 채 꿈쩍도 하지 않았다.

"설마 저 녀석, 이 와중에 무슨 마법을 쓸까 고민하고 있는 건 아니겠지?"

로데우스가 불안한 듯 이맛살을 찌푸렸다.

실제로 그녀는 효과적인 마법 대응이라는 핑계로 지나치게 생각을 많이 하는 경향이 있었다.

그러자 하이베크가 고개를 흔들었다.

"상대는 인간이야. 고룡들의 마법도 우스운 샤이니아를 곤란하게 만들 수는 없겠지."

로데우스가 말한 샤이니아의 버릇은 마법에 대한 그녀의 열정에서 비롯된 것이다.

반면 이곳은 전쟁터.

죽고 죽이는 게 전부인 인간들의 피비린내 나는 싸움에 열정을 가질 드래곤은 없다.

"그럼 왜 저러고 있는 거야!"

여전히 하늘만 바라보는 샤이니아를 가리키며 로데우스가 불만을 터뜨렸다.

"글쎄… 뭔가 문제가 생긴 것 같은데."

뭔가를 짐작한 듯 하이베크가 눈가를 찌푸렸다.

"문제라니!"

"어쩌면 스스로에게 제한을 두고 있는지도 몰라."

"제한이라니? 서, 설마 저 바보가 마법 구현에 제한을 뒀단 말야?"

"후우, 로데우스. 이 세상에서 연거푸 고위 마법을 사용하고도 멀쩡한 건 우리들뿐이라고. 인간들의 심장으론 견디지 못해."

인간들을 크게 의식하지 않고 단리명을 따라나선 로데우스와 하이베크와는 달리 샤이니아는 유희를 위해 많은 준비와 조사를 했다.

특히 자신이 분할 마법사를 대비해 인간 마법사들의 성향을 꼼꼼히 파악했다.

기록을 남기고 힘을 계승하는 인간들만의 특성으로 인해 대륙의 마법은 무척이나 발전해 있었다.

몇몇 실용 마법들은 드래곤들 사이에서도 찾아보기 어려운 것들이라 그녀를 종종 놀라게 만들었다.

그러나 그 발전은 고위 마법의 영역으로까지 이어지지 못했다.

육신을 초월하지 않는 이상 인간이 다룰 수 있는 마법의 한계는 8레벨까지다.

그것도 제대로 구현해 내는 건 애당초 불가능했다. 8레벨의 마법 주문을 통해 7레벨 위력의 마법을 모방해 내는 게 한계였다.

게다가 그마저도 폐혜가 컸다.

반쪽짜리나마 8레벨 마법을 사용하면 극심한 부작용에 시달리게 된다. 마나 고갈로 인해 전신이 무기력해지는 건 물론 감각 및 정신 이상에 빠질 수도 있다.

그렇기 때문에 대부분의 마법사들은 8레벨 마법 사용을 극히 자제해 왔다. 8레벨은커녕 7레벨 마법조차 맘 편히 사용하는 마법사는 드물었다.

고위 마법사들이 말하는 실질적인 마법의 영역은 6레벨. 그보다 높은 경지를 동경하는 건 마나 제어 능력이나 마법의 응집력을 높이기 위함이지 실질적으로 7레벨이나 8레벨 마법을 사용하려는 게 아니다.

실제로 고위 마법을 자주 사용하다 보면 마나 써클이 깨지고 몸이 무너지게 된다. 노화가 촉진되면서 자연스럽게 생도 짧아졌다.

본디 마법사들은 기사들에 비해 수명이 짧은 편이다. 고위 마법을 자제하고 몸을 사리지 않는다면 수명은 더욱 줄어들 수밖에 없었다.

대륙의 인간들에게 있어 마법이란 감당할 수 없는 신의 선물이다.

유희를 시작하면서 샤이니아는 그런 인간 마법사들의 습성을 철저히 따랐다.

조금 전 전투에서도 그녀는 7레벨의 마법을 사용한 게 아니었다. 보다 낮은 경지의 마법을 증폭시켜 7레벨에 버금가는 마법을 만들어 낸 것뿐이다.

만일 인간의 몸이, 심장이 고위 마법에 버틸 정도였다면 그녀도 번거로운 수고를 사서 하지는 않았을 것이다. 그러나 불완전한 인간으로 살아가기 위해서는 그녀도 한계 속에 자신을 맞춰야 했다.

후아아앙!

바람 소리가 거세졌지만 마법 제한에 걸린 샤이니아는 꿈쩍도 하지 않았다.

"제길! 아무래도 안 되겠어!"

보다 못한 로데우스가 나섰다.

"로데우스!"

하이베크가 만류했지만 로데우스는 아공간에서 애병을 소환해 버렸다.

후르르룽!

마법의 기운을 느낀 마병 살루딘이 요란하게 울음을 터뜨렸다.

지금이라도 로데우스가 나선다면 시끄러운 바람을 잠재우는 건 어려운 일이 아니었다. 하지만 이번 전쟁이 원하는 건 그가 아니었다.

"요란 떨지 말고 잠자코 지켜 봐. 아무래도 대형께서 나서실 모양이니까."

전방을 살피던 하이베크의 입가를 타고 비릿한 웃음이 번졌다.

"제길, 한 발 늦었군."

샤이니아의 뒤로 성큼성큼 다가서는 단리명을 보며 로데우스가 입술을 깨물었다.

2

"비키시오."

낮익은 목소리가 샤이니아의 귓가에 울렸다.

"……!"

흠칫 놀란 샤이니아가 고개를 돌렸다. 그곳에는 단리명이 시커먼 검을 뽑아 든 채 서 있었다.

"……대, 대공 전하?"

샤이니아가 놀란 눈으로 단리명을 바라보았다. 그러자 단리명이 수라마도를 비껴 들며 나섰다.

"내게 맡기고 비켜 서시오."

단리명의 표정은 단호했다.

우우웅.

단리명의 의지를 받들듯 수라마도도 한껏 요란스럽게 울어댔다.

"지금 마법을… 막겠단 말씀이신가요?"

뒤늦게 상황을 파악한 샤이니아는 당혹스러웠다.

마법사도 아닌데 이미 구현된 마법을 어떻게 감당하겠다는 것인지 이해할 수가 없었다.

물론 그녀도 단리명이 마혈의 마족이라는 사실은 들어 알고 있다.

중간계로 내려와 힘의 제약을 받는 상황에서도 하이베크나 로데우스와 같은 혈기 왕성한 드래곤들은 물론 장로들까지 찍어 눌렀다는 건 드래곤 사회에서 이미 유명해진 이야기다.

문제는 단리명이 마족이 아니라 인간으로 분해 유회를 즐기고 있다는 점이다.

드래곤들과 마찬가지로 마족이나 천족들도 특별한 임무를 받고 가끔 중간계로 내려오곤 한다. 그럴 때는 철저히 자신을 숨기고 한 사람의 인간으로서 행동한다.

만에 하나 정체가 들통 나면 중간계의 파수꾼이라 불리는 드래곤들의 간섭을 피하기가 어렵게 된다. 특히나 마족의 경우에는 천신들을 섬기는 신성제국의 견제까지 받아야 할지도 몰랐다.

비록 단리명이 특별한 경우이긴 했지만 어쨌든 마족이라는 신분을 감춰야 하는 건 다르지 않다.

단리명의 유회가 모두에게 중요한 건 그가 마혈의 마족이기 때문이 아니다. 그의 유회가 일족의 미래와 연관되어 있기 때문이다.

당연히 섣부른 호승심으로 일을 망치도록 내버려 둘 수는 없는 일.

"대공 전하. 이 마법을 혼자서 막기란 불가능합니다."

샤이니아가 다급히 나서며 단리명을 만류했다. 불완전한 8
레벨의 마법을 막기 위해 굳이 그가 본신의 힘을 드러낼 필요
는 없었다.

어느 정도 희생이 따르겠지만 전방의 병사들이 마법에 휩쓸
리면 슬쩍 마나를 일으켜 그 효과를 죽일 생각이었다.

그 편이 단리명과 자신의 정체를 들키지 않고 마법을 막아
내는 유일한 방법이었다.

그러나 단리명은 한 번 뽑아 든 수라마도를 맥없이 거두는
일이 없었다. 또한 그는 눈앞에 적을 놔두고 단 한 번도 돌아
선 적이 없었다.

"비켜 서시오!"

샤이니아를 뒤로 잡아당기며 단리명이 빠르게 천마지존강
기를 끌어 올렸다. 동시에 상단전을 열고 사신수의 힘을 불러
들였다.

샤이니아의 말처럼 광범위하게 몰아치는 광풍을 모두 막아
내기란 쉬운 일이 아니다.

수라마도를 끝없이 휘두른다 하더라도 전장에 넓게 자리한
병사들을 전부 보호하는 건 불가능해 보였다.

하지만 신력이라면 다르다.

천마신교에 있을 때도 이즈마엘의 마법은 결코 신력을 뚫지

못했다. 신력의 영험함 앞에 조잡스러운 기운은 흩어지고 말았다.

이번에도 마찬가지.

비록 매섭게 보이는 바람일지라도 감히 신력을 감당하지는 못할 것이리라.

"오라! 바람의 신수여!"

검지를 가슴 앞에 모으며 단리명이 강인한 바람을 불러냈다. 그 순간,

후아앗!

반듯하던 단리명의 이마 위로 범 호(虎) 자의 문양이 떠올랐다. 동시에 수라마도를 타고 차디찬 바람이 휘몰아치기 시작했다.

강림사신수(降臨四神獸) 서폭왕(西暴王) 맹금호(猛禽虎)!

서방을 수호하는 서폭왕의 강인한 힘이 단리명의 온몸으로 전해졌다.

"하아압!"

한 가득 신력을 끌어들인 단리명이 매서운 기세로 달려드는 광풍을 향해 도를 내질렀다.

훙! 후웅! 후우웅!

수라마도의 칼날에 맺힌 신력이 광풍을 도려내듯 날카롭게

번뜩였다.

도합 아홉 번의 칼질.

비록 칼날은 광풍의 끝에도 닿지 못했지만 가히 태산을 쪼갤 기세였다.

그것이 바로 아수라파천도식의 극강의 후초식 중 하나인 구도파천(九刀破天)!

맹금호의 신력을 머금은 천마지존강기가 사방으로 흩어졌다. 녀석들이 겁도 없이 달려드는 마법의 힘을 매섭게 물어뜯기 시작했다.

"이, 이게……!"

순간 샤이니아의 눈이 부릅떠졌다. 비록 범인들의 눈에는 보이지 않았지만 드래곤인 그녀는 하늘에서 벌어지는 기현상을 정확하게 느끼고 있었다.

전장에서 한 발 물러서 있던 하이베크와 로데우스도 마찬가지.

"허……!"

"대형은 정말… 대단하군."

할 말을 잃은 듯 놀란 눈으로 하늘만 바라봤다.

잠시 후, 맹렬하던 바람이 잠잠해졌다. 덩달아 어두컴컴하던 하늘도 비구름이 걷히듯 맑게 개었다.

"뭐야?"

"어떻게 된 일이지?"

잔뜩 겁을 먹었던 병사들이 슬며시 고개를 내밀었다.

"마법이 사라졌다!"

"대공 전하께서 마법을 없애셨다!"

눈치 빠른 기사들은 앞 다투어 악을 내질렀다.

"와아아!"

"대공 전하, 만세!"

단숨에 자신들을 위기에서 구해 준 단리명을 향해 병사들의 함성이 쏟아졌다.

"후우."

그런 분위기를 만끽하며 단리명은 천천히 숨을 골랐다.

맹금호의 강렬한 힘을 단숨에 방출해서인지 잠시 호흡이 불안해졌지만 금세 평온을 되찾았다.

'고약한 영약 덕분이군.'

단리명이 입가를 슬쩍 들어 올렸다.

만에 하나 상단전이 더욱 커지지 않았다면 볼썽사납게 숨을 헉헉거렸을 것이다. 그렇다면 수많은 병사들에게 자신의 강인함을 각인시키기가 어려웠을 것이다.

"이제 됐다."

웅웅거리는 수라마도를 검집에 집어넣으며 단리명이 몸을 돌렸다.

"대, 대공 전하!"

샤이니아가 자신도 모르게 단리명을 불렀다.

"수고 많았소."

단리명이 웃으며 샤이니아의 곁을 스쳐 지났다.

'이, 이게 마혈의 마족이란 말인가?'

샤이니아가 멍한 눈으로 단리명을 쫓았다.

두근두근.

그 어떤 사내에게도 뛰지 않았던 그녀의 심장이 갑자기 달음질치기 시작했다.

3

파갓! 파가각!

매섭게 몰아치던 마나의 소용돌이가 거침없이 찢겨져 나가기 시작했다.

끼아아아!

흩날리는 마법의 잔재들을 타고 마나의 자지러지는 비명 소리가 들려왔다.

"허, 허허허."

하늘을 올려다보던 티마르 공작의 입에서 허탈한 웃음이 터져 나왔다.

최후의 순간 깨달음을 통해 쥐어짜 낸 8레벨의 마법이다. 60년이 넘게 이어져 온 마법 인생의 종지부를 찍는 마지막 발악이었다.

비록 완벽하진 않았지만 적어도 자신의 땅을 밟은 적들에게 상당한 타격을 줄 것이라 여겼다.

하지만 그 바람은 희망사항에 불과했다. 얄궂게도 큰 희열을 안겨 주었던 8레벨의 마법은 그의 눈앞에서 산산이 부서져 버리고 말았다.

'리먼 공작⋯⋯.'

점점 아득해지는 시야의 끝으로 리먼 대공의 모습이 들어왔다.

모든 게 끝이 나기라도 듯 등을 돌리고 선 그가 무척이나 야속하게 느껴졌다. 마치 자신은 안중에도 두지 않는 것처럼.

조금이라도 기운이 남아 있다면 악을 질러서 자신을 보게 하고 싶었다. 아직 진 게 아니라고, 끝난 게 아니라고 소리치고 싶었다.

하지만 차마 입이 떨어지지 않았다. 멀어지는 리먼 대공이 다시 자신을 향해 검을 뽑아 들까 봐 겁도 났다.

적으로 마주한 리먼 대공은 너무나도 강했다. 마에스트로라는 항간의 소문조차 그의 강인함을 형언하기에는 턱없이 부족할 정도였다.

설사 발렌시아 공작이라 할지라도 8레벨의 마법을 찢어발기지는 못했을 것이다. 마법을 향해 덤벼들기는 커녕 제 한 몸 숨기기에 바빴을 것이다.

그만큼 8레벨의 마법은 마법사들에게 있어서 궁극의 영역이다. 그것을 단숨에 깨트려 버린 리먼 대공을 어찌 인간의 범주에 둘 수 있겠는가.

'그 힘은… 진짜였구나.'

불현듯 대전 회의 때의 일이 티마르 공작의 머릿속을 스쳐 지나갔다.

티마르 공작은 돌연 쓴웃음이 밀려들었다.

그때 리먼 대공의 경고를 들었다면 이렇듯 허무하게 삶을 끝내지 않았을 거란 생각이 들었다.

하지만 그것도 잠시뿐이다. 발렌시아 공작에 이어 리먼 대공의 눈치를 보며 말년을 보내는 것보다는 잠시나마 8레벨의 마법을 맛본 게 나았다.

더 놓은 것을 추구하는 것이야말로 버릴 수 없는 인간의 본성이니까.

'더는 미련이 없다.'

티마르 공작이 이내 눈을 감았다. 마법사로서 꿈의 경지라 불리는 8레벨에 올랐으니 더 이상은 아쉬울 것도 안타까울 것도 없었다.

'발렌시아 공작, 쉽지 않을 거요.'

다다를 수 없는 마지막 유언을 남기며 티마르 공작이 마나 속에 몸을 맡겼다.

후우우웅!

흩어지는 마나들이 티마르 공작의 몸을 거침없이 잡아 뜯었다. 그와 함께 한계점에 다다른 육신이 무너져 내리기 시작했다.

"고, 공작님!"

"크윽!"

겨우 목숨을 구한 마법사들의 입에서 비명이 절로 터져 나왔다.

그러나 돌아올 수 없는 길을 가는 티마르 공작은 아무런 대답도 해 주지 않았다.

티마르 공작이 죽었다.

그와 함께 마법 왕국의 꿈도 끝이 났다.

Chap.
38

거듭되는 승전보

1

티마르 공작령이 무너졌다!

원정군의 회군보다 먼저 전쟁의 결과가 왕도 하온에 전해졌다.

"티마르 공작이 죽었다니? 그게 사실이야?"

"말도 마. 티마르 공작이 죽기 전에 만들어 낸 마법을 리먼 대공이 막아 냈다더라고."

"예끼, 이 사람아. 기사가 마법을 막는 게 어디 쉬운 줄 알아?"

"정말이라니까? 나도 몇 번이고 확인한 일이라고."

백성들은 모였다 하면 단리명의 이야기를 꺼냈다. 앞다투어 그의 무위를 자랑했다.

반면 원정 내내 지대한 공헌을 했던 샤이니아에 대한 언급은 거의 없다시피 했다.

"흥! 꼴 좋군."

단리명의 뒤를 알짱거리는 샤이니아를 보며 로데우스가 코웃음을 쳤다.

내심 이번 활약으로 인해 샤이니아의 명성이 자신을 앞서가지는 않을까 걱정스러웠다. 하지만 지금으로 봐서는 그런 일은 없을 것 같았다.

그러자 나란히 말을 몰던 하이베크가 피식 웃음을 흘렸다.

"로데우스, 너무 방심하지 않는 게 좋을 걸."

"방심 말라니?"

"저들을 보라고."

하이베크의 손가락이 지휘부의 후미를 가리켰다.

그곳에는 300여 명의 마법사들이 죄인마냥 허리를 굽힌 채 군을 따라 움직이고 있었다.

그들은 티마르 공작 세력의 마법사였다. 티마르 공작 밑에서 체계적인 마법 수업을 받던 이들이다.

그들이 죽음 대신 단리명을 따라나선 이유는 한 가지뿐이다.

바로 8레벨 마법사라 알려진 샤이니아에게 가르침을 받기 위해서다.

마법 세계에서 마스터를 바꾸는 건 흔한 일은 아니다. 그렇다고 불가능한 일도 아니다.

물론 티마르 공작이 죽기가 무섭게 샤이니아를 따르는 마법사들의 선택은 비난을 받기에 충분했다.

그러나 마법사들에게 있어 진정한 자존심이란 실력뿐이다.

보다 높은 경지에 오를 수 있는 기회를 마다하기 위해 죽은 자에게 충성을 다하는 건 그야말로 어리석은 선택일 뿐이다.

"흥! 저딴 녀석들이 어쨌다고."

"지금의 모습만 보고 우습게 여기진 말라고."

"……?"

"머잖아 저들은 샤이니아의 가르침을 받게 될 거야. 그 이후엔 아마 대형에게 큰 도움이 되겠지."

"쳇!"

로데우스가 슬쩍 눈가를 찌푸렸다. 티마르 공작을 따르던 마법사들이 샤이니아의 가르침을 받고 강해진다면 그땐 지금처럼 무시하기가 어렵게 될 것이다.

"나도 대형처럼 세력을 키워야겠군."

"그게 말처럼 쉽겠어?"

"대형도 하고 샤이니아, 저 녀석도 했는데 나라고 못할 건 뭐냐?"

"네 성격을 말하는 거다."

"그건 또 무슨 말이야?"

"인간들의 학습 능력이 볼만 할 텐데 네가 그걸 참을 수 있을지 걱정이란 말이야."

하이베크의 입가를 타고 짓궂은 웃음이 번지자 로데우스가 눈두덩을 일그러뜨렸다.

"제길, 이젠 너까지 날 무시하기냐?"

"그럴 리가… 그만큼 네 도끼질을 배우는 게 쉽지 않다는 말을 하는 거야."

전투에서 로데우스가 주로 사용하는 건 주먹이다. 해츨링 무렵 트롤을 장난감 삼아 주먹을 휘두르던 게 습관이 되어 지금까지 이어졌다.

로데우스의 주먹은 드래곤들 사이에서도 유명했다. 실제로 주먹질로만 대결을 펼친다면 그를 막을 드래곤은 거의 없다시피 했다.

하지만 그의 장기인 주먹질을 인간들에게 가르치는 건 불가능에 가까웠다.

맨 주먹에 오러를 둘러 바위를 깨고 몬스터들의 머리통을 부수는 건 어지간한 마스터들조차 흉내 낼 수 없는 일이었다.

하물며 일반 기사들에게 강요했다간 당장 주먹이 깨져 버리고 말 것이다.

결국 로데우스가 가르칠 수 있는 건 또 다른 장기인 도끼질 뿐.

대륙의 기사들 대부분이 검을 휘두르는 만큼 도끼를 다루는 기사들은 그만큼 특별할 수밖에 없었다.

만일 로데우스가 작심하고 기사들을 가르친다면 특색 있고 강력한 도끼 기사단이 탄생할 수도 있었다.

문제는 로데우스의 부술(斧術)이 무척이나 난해하다는 것이다.

로데우스가 사용하는 도끼는 마계에서도 사납기로 손꼽혔던 마병 살루딘. 평범한 부술로는 녀석을 휘두르는 것조차 불가능했다.

살루딘을 자신의 것으로 만들기 위해 로데우스는 마계와 천계의 부술을 익혔다. 거기에 드래곤들에게 전해지던 극강의 부술을 더하고 인간들이 계승해 온 도끼질까지 모조리 섭렵해 버렸다.

그렇게 탄생한 부술이 바로 액사이더. 그것을 인간들에게 가르치는 게 말처럼 쉬울 리 없었다.

"그나저나 넌 바르카스 성을 비워도 괜찮은 거냐?"

괜히 심통이 난 로데우스가 화제를 돌렸다.

본디 하이베크에게 부여된 임무는 바르카스 공작성을 지키는 것이다. 이번 전쟁은 샤이니아와 자신에게 맡기기로 이야기가 끝난 상황이었다.

자신의 임무를 저버린 채 공간 이동 마법으로 전장에 온 걸 단리명이 안다면 당장 불호령이 떨어질 터.

"지금이라도 돌아가지 그래?"

로데우스의 입가를 타고 짓궂은 웃음이 번졌다. 하지만 하이베크는 문제없다는 반응이었다.

"내가 전장에 도착한 건 대형께 보고 드릴 일이 있기 때문이다."

"뭐? 보고? 그게 뭔데?"

"조만간 알게 될 거야."

"제길, 나한테는 그런 말 없었잖아?"

이죽거리던 로데우스의 표정이 순식간에 굳어졌다. 자신을 빼놓고 단리명과 하이베크가 뭔가 논의한다는 걸 참을 수가 없었다.

"뭔데? 무슨 일을 벌이는 거냐?"

로데우스가 하이베크의 옆으로 자신의 말을 바짝 밀어붙였다.

히히힝.

어깨가 부딪친 말들이 서로 울어대기 시작했다.

"때가 되면 알게 된다니까."

"정말 이런 식으로 나올 거냐?"

"……"

말고삐를 오른쪽으로 잡아당기며 하이베크는 아예 입을 다물어 버렸다.

"쳇, 치사한 녀석."

입술을 삐죽거리던 로데우스가 토라진 듯 휙 앞서 나갔다. 그 모습을 말없이 바라보던 하이베크가 이내 쯧쯧 혀를 찼다.

'유희의 영향 때문인가? 로데우스 녀석, 어울리지 않게 어리광만 늘었군.'

비록 하이베크와 로데우스가 오랜 친구 사이이긴 하지만 공사의 구분만큼은 확실히 해야만 했다.

특히나 로데우스와 관련된 일이라면 단리명이 직접 말을 꺼내기까지는 비밀로 하는 편이 나았다.

'그런데… 정말 저 녀석에게 기사단을 맡겨도 괜찮으시겠습니까?'

로데우스를 스쳐 지난 하이베크의 시선이 저만치 앞서 가는 단리명에게 향했다.

그런 하이베크의 불안함을 느낀 것일까.

"가자!"

단리명이 자신만 믿고 따라오라는 듯 있는 힘껏 말 허리를 박찼다.

2

전쟁 소식이 전국을 떠들썩하게 만들 무렵.

"원정군이 돌아온다!"

"와아아아!"

티마르 공작령을 점령한 단리명과 원정군이 하온으로 되돌아왔다.

"리먼 대공 전하!"

"어서 오십시오!"

하온에 머물던 귀족들이 성문까지 나와 원정군을 맞았다.

"리먼 대공, 수고했소."

하밀 국왕도 조급함을 참지 못하고 왕궁 입구까지 마중을 나왔다.

하밀 국왕뿐만이 아니다. 오랫동안 4대 공작의 횡포에 시달려 왔던 이들은 단리명과 원정군의 승전을 자신의 일처럼 기뻐했다.

"환대해 주셔서 감사합니다."

단리명도 가벼운 웃음으로 환호에 답했다. 의례적이나마 자신의 이름을 부르짖는 백성들을 향해 가볍게 손을 흔들어 주기도 했다.

하지만 그것도 잠시뿐.

"스탈란 남작."

"말씀하십시오."

"전략 회의를 준비하라."

"알겠습니다."

궁에 들어서기가 무섭게 차갑게 돌변해 버렸다.

"대형, 너무 노여워하지 마십시오."

눈치 빠른 하이베크가 다가와 단리명을 달랬다.

아직 모든 전쟁이 끝이 난 게 아니었다. 4대 공작 중 하위 세력으로 분류되는 바르카스 공작과 티마르 공작을 제거한 것뿐이다.

게다가 그들보다 더 강한 발렌시아 공작과 칼리오스 공작이 남아 있었다.

그럼에도 불구하고 하밀 국왕과 백성들은 마치 전쟁이 끝나기라도 한 것처럼 좋아하고 있었다.

"흐음, 형편없군."

단리명이 살짝 미간을 찌푸렸다. 만일 정사대전이 끝나기도 전에 긴장을 푸는 마인들이 보였다면 당장 수라마도가 춤을 췄을 것이다.

"그만큼 공작들에게 시달렸다는 뜻이겠지요."

눈치를 살피던 로데우스가 조심스럽게 한마디 보탰다.

그의 말처럼 하밀 왕국의 백성들은 오랫동안 4대 공작의 권력에 눌려 있었다.

그들은 백성들에게 하르페란 이름을 빼앗아 버렸다. 하르페의 역사를 부정하게 하고 자신의 입맛대로 가져다 붙인 하밀이란 이름을 따르게 했다.

그것으로도 모자라 하밀 국왕을 무시하고 그의 정치에 사사건건 참견했다.

물론 얼마 전까지만 해도 이 같은 사실을 아는 백성들은 많지 않았다.

진실을 알고 있는 이들조차 겁에 질려 목소리를 낮추는 분위기였다.

하지만 지금은 다르다.

단리명이 연달아 4대 공작을 격파하면서 뭔가 달라질 거란 분위기가 팽배한 상황이었다.

거기에 스탈란 남작이 불씨를 당겼다.

"백성들에게 4대 공작의 진면목을 알려 주어라."

은밀히 움직인 정보원들은 전국을 돌아다니며 4대 공작의 실체를 폭로했다.

"하르페 왕실을 무너뜨린 게 자신들이 왕이 되기 위해서라는 게 정말이야?"

"그렇다니까? 그것으로도 모자라서 하밀 국왕의 자식들을 모두 죽였다더라고."

"허, 천벌을 받을 놈들."

"리먼 대공님이 아니었다면 큰일 날 뻔했잖아?"

"난 그런 줄도 모르고 4대 공작을 칭송했으니······."

백성들은 오랜 기간 동안 4대 공작에게 속아 왔다는 사실에 분개하고 분노했다.

4대 공작을 두려워하며 말을 아끼는 이들은 손에 꼽힐 정도였다.

"4대 공작에게 붙어서 아부하는 귀족들도 문제야."

"귀족이란 자들이 국왕을 몰아낼 생각만 했다며?"

"이번 기회에 그놈들도 모조리 사라져 버렸으면 좋겠어."

대부분의 백성들은 4대 공작을 징벌해야 한다는 여론에 동참했다. 그럴수록 단리명과 원정군에 대한 관심도 커질 수밖에 없었다.

그 사정을 단리명도 모르지 않았다. 지배를 당하는 백성들인 만큼 그럴 수 있다고 생각했다.

다만 자신들의 힘으로 나라를 바로 세우려는 노력도 없이 오로지 남에게 기대려고만 하는 사고방식만큼은 마음에 들지 않았다.

'서역은 다르다.'

단리명은 속으로 분을 삭였다. 메르시오 백작의 말처럼 중원과 서역은 다른 것 같았다.

아니, 어쩌면 단리명의 인식은 지나치게 무림 속에 머물고 있는지도 몰랐다.

어쨌든 지금의 어수선함을 수습하기 위한 유일한 방법은 하르페 왕조의 부활이었다.

'한시라도 빨리 전쟁을 끝내야 한다.'

결심을 굳힌 단리명이 몸을 일으켰다.

"대공 전하, 회의장으로 드시지요."

때마침 회의 준비를 마친 스탈란 남작이 방문을 두드렸다.

"가자."

단리명도 지체 없이 회의장으로 발걸음을 옮겼다.

3

회의장에는 하르페 왕조의 재건을 위해 필요한 인재들이 모두 모여 있었다.

"이제 남은 것은 발렌시아 공작과 칼리오스 공작뿐이다. 올해 안에 그들의 죄를 묻겠다."

자리에 앉기가 무섭게 단리명이 의지를 밝혔다.

"옳으신 생각이십니다."

"반역자들을 오래 놔둘 수는 없는 일이지요."

전략 회의에 참석한 귀족들도 당연하다는 듯이 고개를 끄덕였다.

그들 중 누구도 감히 단리명의 뜻을 거스를 마음이 없었다. 그럴 용기조차 없었다.

또한 단리명의 생각을 불가능하다고 여기지도 않았다.

이대로 해가 바뀌면 주변국들이 움직일 가능성이 높아진다. 왕국의 혼란이 커지는 걸 막기 위해서라도 최대한 빨리 전쟁을 끝내는 게 상책이었다.

쉽지 않은 일이 되겠지만 자신들의 곁에는 단리명이 있었다. 바르카스 공작을 박살 내고 티마르 공작의 마법까지 쪼개 버린 최강의 기사가 함께했다.

'리먼 대공께서 계시니……'

'어떻게든 되겠지'

귀족들은 전쟁을 지나치게 낙관적으로 보았다. 바르카스 공작과 티마르 공작이 힘 한번 써 보지 못하고 단리명에게 당한 것처럼 발렌시아 공작과 칼리오스 공작도 별반 다르지 않을 것이라 여겼다.

그러나 모두가 단리명의 말에 고개만 끄덕이고 있는 것은 아니었다.

"대공 전하. 감히 한 말씀 드려도 될는지요."

베론 백작이 조심스럽게 입을 열었다.

"말하라."

단리명의 시선이 베론 백작에게 향했다.

그 눈빛은 실로 맹렬했다. 쓸데없는 반대는 용납하지 않겠다는 투였다.

꿀꺽.

단리명의 기세에 눌린 베론 백작이 자신도 모르게 마른침을 삼켰다.

괜히 나섰나 싶은 후회가 치밀었다. 그렇다고 이제 와 꼬리를 말고 물러날 순 없었다.

"4개월이 지나면 겨울이 옵니다."

베론 백작이 힘겹게 입술을 뗐다. 그러자 뭔가 그럴듯한 답을 기대했던 귀족들이 저마다 실소를 흘렸다.

'겨울이라니.'

'베론 백작님, 무슨 소리를 하시려는 것입니까.'

베론 백작은 궁내 대신으로 오랫동안 하밀 국왕을 섬겨왔다. 단리명을 선택한 것도 다른 귀족들에 비해 늦은 감이 없지 않았다.

그렇다 보니 다른 귀족들로부터 견제 아닌 견제를 받을 수밖에 없었다.

지금도 마찬가지.

베론 백작이 쓸데없는 말을 꺼냈다고 생각한 귀족들은 보란 듯이 눈가를 찌푸렸다.

그러나 단리명의 표정은 크게 달라지지 않았다. 오히려 마저 이야기해 보라는 듯 귀족들의 웅성거림 속에서도 베론 백작을 바라보았다.

묵묵히 앉아 있는 스탈란 남작의 반응도 마찬가지였다.

'지금이 기회입니다.'

차마 내뱉지 못한 본심을 눈빛으로 전하는 그의 입가를 타고 미미한 웃음이 번져 나갔다.

후읍.

베론 백작은 크게 숨을 들이켰다. 떨지 않도록 배에 단단히 힘을 주었다.

어쩌면 괜한 말을 꺼내 단리명의 화를 사게 될지도 몰랐다. 하지만 다른 이들처럼 몸을 사려서는 설 자리조차 잃게 될 수도 있었다.

"올해 안에 발렌시아 공작령과 칼리오스 공작령을 공략하는 건 쉽지 않다고 생각합니다."

어렵게 내뱉은 베론 백작의 한마디가 회의장을 침묵 속에 빠뜨렸다.

"……!"

"어, 어찌……!"

놀란 귀족들은 말을 잇지 못했다. 스탈란 남작조차 직설적인 베론 백작의 말에 놀란 눈치였다.

지금의 발언은 단리명의 능력을 인정하지 않는다는 식으로 해석될 수 있었다. 게다가 단리명이 주관하는 자리에서 꺼낸 말인 만큼 수습할 방법도 없었다.

'재밌는 놈이군.'

'무모한 것인가, 아니면 과감한 것인가.'

단리명의 좌우에 앉은 로데우스와 하이베크의 눈빛도 매섭게 변했다.

그러나 정작 당사자인 단리명은 담담했다.

"자세히 말하라."

귀족들의 불만을 억누르며 단리명이 다시 한 번 베론 백작의 숨통을 틔워 주었다.

"바르카스 공작령과 티마르 공작령을 점령하신 대공 전하의 능력을 감히 의심하려는 게 아닙니다. 대공 전하와 함께 전쟁을 치러야 하는 기사들과 병사들의 사정을 말씀드리려는 것입니다."

겨우 숨을 돌린 베론 백작이 쉬지 않고 말을 이어 갔다.

"비록 연승을 거두고 있긴 하지만 대공 전하의 군대는 완벽하지 않습니다. 지휘관들은 물론 병사들도 승리에 취해 있을 뿐 아직 진정한 전쟁을 경험하지는 못했습니다."

"흐음."

"바르카스 공작에 이어 티마르 공작까지 패한 이상 칼리오스 공작과 발렌시아 공작도 대공 전하와의 정면 대결에는 승산이 없다는 걸 깨달았을 것입니다. 전쟁이 시작되면 병사들을 앞세워 시간을 끌 가능성이 높습니다."

단리명이 없었다면 고작 4개월 만에 바르카스 공작령과 티마르 공작령을 수복하기란 불가능했을 것이다.

그렇다고 그 모든 걸 단리명 덕분이라고 말하기는 어려웠다.

단리명을 잘 몰랐기 때문에 두 공작은 정면 대결을 피하지 않았다. 그 결과 전쟁도 짧아졌으며 이후의 전후 처리도 큰 문제 없이 진행될 수 있었다.

그러나 베론 백작의 말처럼 두 공작이 결사항전을 펼친다면 이야기는 달라진다.

"제 생각도 크게 다르지 않습니다. 제가 두 공작의 심정이라 할지라도 안전한 후방에 머무르며 겨울이 오기를 기다리려 하겠지요."

잠자코 있던 스탈란 남작까지 동조하자 회의장의 분위기가 무겁게 가라앉았다.

Chap.
39

발렌시아 공작이냐, 칼리오스 공작이냐

1

  하밀 왕국은 사계절이 비교적 뚜렷한 편이다. 북부의 쥬오르만큼은 아니더라도 꽁꽁 얼어붙은 대지는 병사들의 발목을 붙들기에 충분했다.

  "대공 전하. 겨울이 오기 전에 전쟁을 끝내기란 현실적으로 어렵습니다."

  분위기가 어수선해지자 스탈란 남작이 나서서 상황을 정리했다.

  "베론 백작님의 말처럼 발렌시아 공작과 칼리오스 공작이 수비적으로 나서서 전쟁을 끌 가능성이 높습니다. 또한 두 공작령은 바르카스 공작령과 티마르 공작령처럼 공략하는 게 수월하지 않습니다."

"수월하지 않다니?"

"칼리오스 공작령은 티마르 공작령처럼 산지가 많습니다. 지형이 험한 곳마다 요새가 들어서 있어서 속력을 내기가 어렵습니다."

"지형의 문제라……."

"발렌시아 공작령은 대체적으로 평지가 많지만 칼리오스 공작령 이상으로 성이 단단합니다. 또한 그들이 소유한 기사단은 하밀 왕국 제일입니다."

"흥! 몸을 사리는 발렌시아 공작의 기사들까지 신경 써야한단 말이냐?"

스탈란 남작이 발렌시아 공작의 기사력을 언급하자 단리명이 코웃음을 쳤다.

대전 회의에서 꽁무니를 뺐던 발렌시아 공작이다. 그를 따르는 기사들이라면 말할 가치조차 없다.

그러나 스탈란 남작이 걱정하는 건 단리명이 아니었다.

"발렌시아 공작의 기사단은 대공 전하께 아무런 위해를 끼치지 못할 것입니다. 전하뿐만 아니라 두 분 후작님께도 감히 덤벼들지 못하겠지요."

"결국 병사들이란 말이냐?"

"그렇습니다. 그들이 집요하게 병사들을 노리면 군의 사기는 떨어지게 될 것입니다. 자연스럽게 행군 속도가 느려질 것이고……."

"결국 겨울이 온단 말이로군."

"그렇습니다, 대공 전하."

"결국 어느 쪽도 쉽지 않다는 말이냐."

단리명이 이내 눈가를 찌푸렸다.

허약해 빠진 병사들 때문에 발목이 잡히게 생겼다는 게 마음에 들지 않았다.

"대공 전하께서 계신 이상 결과적으로는 승리하게 될 것입니다. 다만 두 곳을 올해 안에 공략하는 건 어려울 것 같습니다."

스탈란 남작이 능청스럽게 웃으며 단리명을 달랬다.

그에게도 아쉬운 일이지만 현실적으로 단숨에 두 공작령을 동시에 공략할 만한 방법이 없었다.

"귀찮게 됐군."

단리명이 짜증스럽게 지도를 내려다봤다.

대형 전도라서일까, 발렌시아 공작령과 칼리오스 공작령이 상당히 넓어 보였다.

그렇다고 바르카스 공작령과 티마르 공작령을 되찾은 하밀 왕국에 비할 정도는 아니었다.

마음 같아서는 겨울이 오기 전에 두 공작령을 넘고 싶었으나 현실은 두 곳 중 한 곳에 집중해도 쉽지 않을 것이라고 말한다.

지금의 전쟁이 하르페 왕조의 부활을 위한 과정이 아니었다면 단리명이 단독으로 움직였을 것이다. 치졸하게 몸을 숨기는 발렌시아 공작과 칼리오스 공작의 목을 단숨에 날려 버렸을 것이다.

하지만 위기에 빠진 하밀 왕국을 구하고 하르페 왕조를 재건하기 위해서는 과정이란 게 필요했다.

"둘 중 어느 곳을 먼저 공략해야 하는지 말해 보라."

애써 불만을 삭이며 단리명이 탁상을 내려쳤다.

그러자 서로 눈치만 살피던 귀족들이 머리를 굴리기 시작했다.

"제 생각에는 발렌시아 공작을 공략하시는 게 좋을 것 같습니다."

가장 먼저 로이젠 백작이 입을 열었다.

"제 생각도 같습니다. 발렌시아 공작에게 시간을 주는 건 위험합니다."

메르시오 백작도 로이젠 백작의 말에 동조했다.

"저 역시 같은 생각입니다."

"발렌시아 공작을 응징해야 합니다."

그들을 따라 기사 출신 귀족들이 발렌시아 공작을 공격해야 한다고 주장했다.

칼리오스 공작령에는 대륙에 희귀한 정령사들이 득실거린다고 했다.

정령사는 마법사 이상으로 기사들에게 골치 아픈 존재들. 시간적으로 쫓기는 입장에서 그들을 상대하느니 발렌시아 공작의 기사들과 싸우는 편이 나았다.

반면 문관들의 생각은 달랐다.

"칼리오스 공작은 음흉한 자입니다. 그를 놔뒀다간 필시 주변국을 끌어들이려 할 것입니다."

"맞습니다. 칼리오스 공작의 영향력도 결코 무시할 수가 없습니다."

칼리오스 공작은 하밀 국왕을 대신해 주변 왕국들과 두터운 관계를 유지해 왔다. 유명무실한 외무대신을 대신해 외교적인 일들도 곧잘 처리하곤 했다.

발렌시아 공작이 먼저 무너진다면 칼리오스 공작은 필시 주변의 나라들을 끌어들이려 할 터.

그것을 막기 위해서라도 칼리오스 공작령을 향해 군대를 움직여야 했다.

"발렌시아 공작이 먼저입니다."

"칼리오스 공작을 무시할 수는 없습니다."

양측의 주장은 팽팽했다.

단리명이 보고 있어서인지는 모르겠지만 어느 쪽도 쉽게 물러서려 하지 않았다. 그럴 생각도 없어 보였다.

"스탈란 남작."

"말씀하십시오."

"두 공작령의 병력 상황을 말하라."

단리명이 스탈란 남작에게 또 다른 정보를 요구했다.

"대공 전하, 지도를 보시지요."

스탈란 남작이 기다렸다는 듯이 지휘봉을 집어 들었다.

"칼리오스 공작 세력에는 총 열여섯 명의 귀족들이 모여 있습니다."

칼리오스 공작을 따르는 고위 귀족은 도합 셋. 후작 하나와 백작 둘이다.

그 외 자작이 넷, 남작이 여덟으로 귀족들의 수에 비해 주된 전력이 되는 고위 귀족들은 상대적으로 적은 편이었다.

왕국법상 공작에게 허락된 병력은 최대 5만까지.

후작에게는 2만의 병력이 허락되며 백작은 8천까지만 움직일 수 있다.

자작과 남작의 가용 병력은 각기 3천과 2천.

"왕국법을 기준으로 봤을 때 칼리오스 공작 세력의 총병력은 11만 4천입니다."

스탈란 남작이 어렵지 않게 기초 병력을 산출해 냈다.

"11만 4천이라."

"그들이 공격적으로 나선다면 병력은 더욱 줄어들겠지만 반대로 대공 전하를 영지 깊숙이 끌어들인다면 총병력에 해당하는 적과 싸우게 될 것입니다."

"거기에 숨겨진 병력도 포함시켜야겠군."

단리명은 적들의 음험함을 지적했다.

"그렇습니다, 대공 전하."

스탈란 남작이 슬쩍 입가를 들어 올렸다.

"칼리오스 공작 세력은 다른 세력들에 비해 상당히 비밀스러운 움직임을 보여 왔습니다. 때문에 전쟁 준비가 어느 정도인지 정확하게 파악하긴 어렵습니다."

"대략적인 예측을 말해 보라."

"왕실에 남은 기록에 따르면 칼리오스 공작 세력의 재정은 다른 영지들에 비해 부유하지 않습니다. 칼리오스 공작 세력의 총 생산력은 바르카스 공작령의 80% 수준입니다. 그것을 병력으로 환산한다면 대략 15만 정도의 추가 병력을 보유하고 있을 것이라 생각됩니다."

"15만이라… 그럼 총 26만 정도인가."

"산술적으론 그렇습니다만 칼리오스 공작의 성격을 생각한다면 그 이상일 수도 있습니다."

"이상이라면?"

"좀 더 조사해 봐야겠지만 최악의 경우 40만에 육박할 수도 있다고 판단됩니다."

스탈란 남작의 말이 떨어지기가 무섭게 자리하고 있던 귀족들이 입을 쩍 벌렸다.

"4, 40만이라니!"

"그만한 병력이 있을 수가 없지 않겠습니까!"

문관들은 하나같이 그 가능성을 부인했다.

"병사 10만을 더 운용하는 건 쉽지 않은 일입니다."

"맞습니다. 단순히 계산적인 문제가 아니지 않습니까."

기사들도 다소 회의적인 반응이었다.

바르카스 공작이 34만에 달하는 병사를 양성하기 위해 쏟아부은 재화만 해도 엄청났다. 그것으로도 모자라 370만에 달하는 영지민들을 쥐어짜고 또 쥐어짜 냈다.

칼리오스 공작 세력에 거주하는 영지민들의 수는 350만 남짓.

생산력이 떨어진다는 것까지 감안했을 때 26만 정도의 병력을 운용하는 게 한계였다. 스탈란 남작의 말처럼 40만 병력을 만들기 위해 욕심을 부린다면 영지 운영은커녕 영지민들의 반발을 살 수 있었다.

그러나 스탈란 남작은 칼리오스 공작에 대한 의혹을 쉽게 거두지 않았다.

"정보부에서 몇 가지 알아낸 정보에 따르면 왕국을 자유롭게 드나드는 거대 상단 중 두 곳이 4대 공작과 연관되어 있을 가능성이 높습니다."

웅성거리는 귀족들을 향해 스탈란 남작이 새로운 정보를 내밀었다.

"그들이 칼리오스 공작의 소유란 말이냐?"

"제 예상은 그렇습니다."

스탈란 남작이 거론한 거대 상단은 대륙 전체에서도 손꼽히는 재력을 보유하고 있었다.

만일 그들이 칼리오스 공작과 관련되어 있다면 반란의 때를 맞춰 병력을 더욱 늘리는 것도 불가능한 일은 아닐 것이다.

"발렌시아 공작에 대해 말하라."

혼란스러워하는 귀족들을 훑으며 단리명이 화제를 바꿨다.

"발렌시아 공작 세력에 포함된 귀족들의 수는 도합 열여섯입니다."

스탈란 남작도 문제없다는 듯이 보고를 이어 나갔다.

발렌시아 공작을 따르는 고위 귀족은 넷. 후작 하나와 백작 셋으로 구성되어 있었다.

칼리오스 공작 세력보다 백작 하나가 많은 것에 지나지 않았지만 그 차이는 엄청났다.

백작이 내놓을 수 있는 병력이나 재화는 자작령 세 개를 합친 것만 했다. 게다가 세 영지에서 병력을 끌어 모아 8천을 만드는 것보다는 단일 영지의 8천 병력이 전투를 치르는 데 유용했다.

뿐만 아니라 고위 귀족은 하위 귀족들을 통제할 만한 힘을 가지고 있었다.

여러 가지를 감안했을 때 고위 귀족 하나가 차지하는 비중은 컸다. 표면적으로 봤을 때 발렌시아 공작 세력이 칼리오스 공작 세력보다 앞선다고 해도 무방했다.

"발렌시아 공작을 따르는 하위 귀족은 열 하나. 그중 자작이 넷이며 나머지는 남작입니다. 그들의 보유 병력을 왕국법에 따라 계산하면 총 12만입니다."

"실질 병력은 어느 정도나 되겠느냐."

"발렌시아 공작 세력은 그 어떤 공작 세력보다 부유합니다. 그 점을 감안했을 때 칼리오스 공작 세력과 비슷한 수준이 아닐까 합니다."

숨겨진 병력을 더한 발렌시아 공작 세력의 총 병력은 대략 40만.

"40만이라."

"발렌시아 공작도 쉽지 않겠어."

귀족들이 저마다 한숨을 내쉬었다.

큰 피해 없이 연전연승을 거두었다곤 하지만 30만과 40만이 주는 무게의 차이는 확실히 컸다.

반면 단리명은 크게 신경 쓰지 않았다. 그보다는 두 공작령의 병력 차이가 없다는 게 마음에 들지 않았다.

어느 한쪽의 병력이 월등하다면 그곳을 내년에 공격할 생각이었다. 병력이 적은 곳을 최대한 빨리 점령한 다음에 겨우내 다른 곳을 압박할 생각이었다.

그러나 차이가 없는 이상 지금처럼 귀찮은 고민을 계속해야만 했다.

"흐음."

단리명이 고심 어린 눈으로 귀족들을 둘러봤다.

"대공 전하. 발렌시아 공작을 먼저 응징하셔야 합니다."

"아닙니다, 전하. 칼리오스 공작을 만만하게 보셔서는 안 됩니다."

기사들과 문관들은 여전히 제 주장만을 되풀이했다.

"스탈란 남작. 네 생각은 어떠냐?"

단리명이 스탈란 남작을 바라봤다. 내키진 않지만 그를 통해서라도 이 논란을 끝내고 싶었다.

그러나 스탈란 남작은 상황을 더욱 골치 아프게 만들어 버렸다.

"어느 쪽도 상관없습니다."

"어느 쪽도 상관없다?"

"그렇습니다. 어느 쪽을 공격하든 남은 쪽은 주변국을 끌어들일 가능성이 높습니다."

"그렇다면 어느 쪽을 공략하는 게 쉽겠느냐?"

"기사들에게는 칼리오스 공작의 정령사들이 부담스럽겠지만 어차피 대공 전하께서 앞장서시는 만큼 큰 차이는 없을 것입니다. 오히려 병사들을 생각한다면 칼리오스 공작 쪽이 더 편하겠지요."

한정된 병력을 가지고 40만에 달하는 적들을 치는 건 쉬운일이 아니었다. 장단점을 떠나 어느 쪽이든 곤란을 겪을 게 분명했다.

"골치 아프군요."

"그러게나 말입니다."

드래곤인 하이베크와 로데우스조차 이렇다 할 답을 내놓지 못했다.

"흐음."

단리명의 입가를 타고 나직한 한숨이 흘러나왔다. 한 시가 급한 상황에서 이런 고민을 하고 있다는 게 그저 우스울 노릇이었다.

그때였다.

"대공 전하!"

궁내관 하나가 종종걸음으로 단리명에게 다가왔다.

"무슨 일이냐?"

단리명이 짜증스럽게 물었다.

"그, 그게 칼리오스 공작이 서신을 보내 왔습니다."

궁내관이 바들거리는 손으로 품속에서 서신을 꺼냈다.

"칼리오스 공작의 서신이 확실합니다."

조심스럽게 서신을 살피던 스탈란 남작이 고개를 끄덕였다.

그의 말처럼 서신의 겉면에는 칼리오스 공작을 상징하는 인장이 선명하게 새겨져 있었다.

"칼리오스 공작이라……."

의아한 듯 서신을 내려다보던 단리명이 봉인을 뜯고 내용을 살폈다.

그 안에는 생각지도 않았던 칼리오스 공작의 제안이 담겨 있었다.

"재밌군."

서신을 단숨에 훑어 내린 단리명의 입가를 타고 비릿한 웃음이 번졌다. 꼭꼭 숨어 있을 줄 알았던 칼리오스 공작이 이런 제안을 해 올 줄은 미처 생각하지 못했다.

"무슨 내용입니까, 대형."

궁금함을 참지 못하고 로데우스가 고개를 내밀었다.

"직접 읽어 봐라."

단리명이 대수롭지 않다는 듯 로데우스에게 서신을 건넸다.

"허, 웃기는 놈이군요."

서신을 확인한 로데우스가 돌연 헛웃음을 터뜨렸다.

"무슨 일이야?"

"궁금하면 직접 보라고."

로데우스의 손을 거친 서신이 하이베크에게 이어졌다.

"과연, 재밌군요."

하이베크도 단리명과 로데우스처럼 실소를 감추지 못했다.

그러나 마지막으로 서신을 살핀 스탈란 남작의 표정은 달랐다.

'전쟁 직전에 칼리오스 공작령에 초대하겠다니, 갑자기 이게 무슨 말인가.'

칼리오스 공작령은 칼리오스 공작 세력의 한가운데 있다. 그곳에 함정을 파 놓고 유인한다면 천하의 리먼 대공이라 할지라도 무사할 것 같지가 않았다.

그럼에도 단리명은 물론 하이베크와 로데우스는 가소롭다는 듯이 웃고만 있었다.

'무슨 이유일까, 무슨 꿍꿍이일까.'

스탈란 남작은 이맛살을 찌푸렸다. 단리명이 무작정 칼리오스 공작령으로 향하기 전에 적들의 의중을 파악해야 했다.

하지만 이번만큼은 제아무리 스탈란 남작이라 해도 쉽지 않을 것 같았다.

2

"아버님."

"어찌 됐느냐?"

"서신이 무사히 전해졌다고 합니다."

"리먼 대공의 반응은 어떻더냐?"

"그건 조금 더 지켜 봐야 할 것 같습니다."

"……알았다."

창밖을 내다보던 칼리오스 공작의 입가를 타고 무거운 한숨이 흘렀다.

오랜 고심 끝에 내린 결정이지만 솔직히 마음이 편치가 않았다. 그동안 지켜 왔던 신념을 스스로 무너뜨리는 것 같은 기분이었다.

그런 칼리오스 공작의 심정을 느낀 것일까.

"아버님. 전 아버님이 틀렸다고 생각하지 않습니다."

방문을 나서려던 금발의 미공자가 어렵게 입을 뗐다.

"틀리지 않았다라… 그렇다면 위대한 존재가 거짓말을 했단 말이냐."

칼리오스 공작이 너털웃음을 흘렸다. 뒤를 이을 아들이 자신을 믿어 주는 건 무척이나 고마운 일이었지만 그것이 동정이 되어서는 곤란했다.

하지만 금발의 미공자 케이로스는 부친을 그저 위로하려는 게 아니었다.

"어찌 위대한 존재의 말을 부정하겠습니까."

"하면?"

"어쩌면 양쪽 모두가 진실일지도 모르지 않습니까."

"양쪽 모두가 진실이라."

뜻밖의 말을 들어서일까, 아니면, 그조차도 그런 생각을 하던 참일까.

칼리오스 공작의 입가에 머물던 웃음이 사라졌다. 대신 무거운 한숨이 방 안으로 흘러들었다.

케이로스의 말이 맞을지도 모른다. 처음부터 하나가 아니라 둘일지도 모르는 일이다.

그렇다 할지라도 달라질 건 없다.

이미 하밀 국왕은 리먼 대공과 함께 온 여인을 하르페 왕실의 마지막 핏줄로 인정했다. 그녀를 양녀로 삼아 왕위 계승권까지 부여했다.

그 와중에 자신이 나서 봐야 혼란만 커질 뿐이다.

"리먼 대공이 올까요."

눈치 빠른 케이로스가 슬쩍 화제를 바꿨다.

"글쎄다."

칼리오스 공작이 쓴웃음을 지었다. 리먼 대공을 정중하게 초대하긴 했지만 자신의 초청에 응할지는 솔직히 장담할 수 없었다.

그런 부친의 대답이 불안한 것일까.

"리먼 공작이 오지 않으면 어떻게 하실 생각이십니까?"

만약을 생각하듯 케이로스가 조심스럽게 물었다.

"넌 어떻게 했으면 좋겠느냐."

칼리오스 공작이 몸을 돌리며 되물었다.

"저야… 아버님의 뜻을 따를 뿐입니다."

미처 거기까지는 생각하지 못한 듯 케이로스가 즉답을 피했다.

"내 뜻이라… 결국 내가 짊어져야 한단 말인가."

칼리오스 공작의 얼굴에 쓸쓸함이 번졌다.

이대로 전쟁이 벌어진다면 그 모든 책임은 당사자인 자신이 짊어지는 게 옳았다.

그것을 회피하거나 부인할 생각은 없다. 다만 전쟁까지 치닫기 전에 자신의 선택이 옳은 것인가 한 번쯤 되돌아보고 싶었다.

"승산이 있다고 보느냐?"

칼리오스 공작이 케이로스에게 물었다.

"저는 잘 모르겠습니다."

머뭇거리던 케이로스가 이내 고개를 떨어뜨렸다.

언제나 자신만만하던 그의 성정으로 봤을 때 이례적인 반응이었다. 그만큼 적으로 마주한 리먼 대공이 크고 두렵다는 뜻이기도 했다.

"나도 잘 모르겠구나."

칼리오스 공작이 솔직한 심정을 말했다.

자신만만해 하던 바르카스 공작도 힘 한번 써 보지 못하고 무너졌다.

마법만큼은 자신있던 티마르 공작은 또 어떤가. 그는 자신의 장기를 내세우고도 리먼 대공의 검 앞에 무릎을 꿇고 말았다.

물론 자신과 두 공작을 똑같이 여길 수는 없다. 자신이 준비한 힘과 두 공작의 힘도 달랐다.

그렇다고 그 차이가 확연할 정도는 아니었다.

만일 리먼 대공이 두 공작을 어렵게 이겼다면 조금이나마 기대를 가졌을 것이다.

하지만 리먼 대공은 이렇다 할 피해조차 입지 않고 두 공작이 쌓은 성벽을 허물어 버렸다. 그 과정에서 오히려 두 공작의 지지기반을 그대로 흡수해 버렸다.

무엇보다 리먼 대공은 발렌시아 공작을 뛰어넘는 마에스트로다. 티마르 공작이 혼신의 힘으로 쥐어짜 낸 8레벨의 마법이 통하지 않은 상대였다.

8레벨 마법의 힘은 대정령의 폭발력에 버금간다. 대륙 최고의 정령사라 자부하는 그조차 대정령의 폭주를 감당할 자신이 없었다.

아니, 설사 대정령을 폭주시켜 폭발력을 끌어낸다 할지라도 리먼 대공을 꺾는다는 보장이 없었다.

게다가 적은 리먼 대공뿐만이 아니다.

새로 후작의 자리에 오른 로데우스란 사내는 단신으로 바르카스 공작을 쓰러뜨렸다.

마스터인 메르시오 백작을 억눌렀다는 하이베크 후작의 명성은 일찌감치 들려왔다. 게다가 이번에는 8레벨 마법사까지 합류해 버렸다.

그들을 상대로 자신을 따르는 이들을 보호할 수 있을까, 칼리오스 공작령을 지킬 수 있을까.

불가능했다.

솔직히 말해 자신 없었다.

"발렌시아 공작은 어찌하고 있더냐?"

"별다른 움직임은 보이지 않고 있습니다."

유일한 대안이라면 발렌시아 공작과의 연합뿐이다.

하지만 그렇게 되면 진정 하르페 왕조의 반역자로 기억될 것이다.

그것만큼은 어떻게든 피하고 싶었다.

"일단 리먼 공작을 기다려 보자."

칼리오스 공작이 힘없이 말했다.

"알겠습니다, 아버님."

케이로스도 더 이상 입을 열지 않았다.

Chap.
40

칼리오스 공작의 초대

1

"칼리오스 공작의 초대를 어찌 보느냐?"

전략 회의를 끝낸 직후 단리명은 스탈란 남작의 생각을 물었다.

"정보가 필요합니다."

평소에 거칠 게 없는 스탈란 남작이었지만 이번만큼은 즉답을 피했다.

그만큼 갑작스럽고도 예상치 못했던 일이다. 게다가 단리명의 신변과 관련된 일인 만큼 신중에 신중을 기할 필요가 있었다.

'마녀가 따로 없군.'

고심하는 스탈란 남작을 바라보며 단리명이 슬쩍 입가를 들어 올렸다.

자신과 관련된 일이 벌어질 때마다 마뇌는 정보가 부족하다고 말했다. 좀 더 많은 것을 확인하고 판단할 수 있는 시간을 달라고 요청했다.

스탈란 남작의 성격도 마뇌만큼이나 소심했다.

"대공 전하, 시간을 주십시오."

"시간이라… 얼마나 말이냐?"

"칼리오스 공작령의 사정을 알기 위해선 최소한 열흘이 필요합니다."

"열흘?"

"부디 허락해 주십시오."

스탈란 남작이 굳은 얼굴로 청했다. 적어도 열흘간은 경거망동을 삼가 주길 바랐다.

어쩌면 칼리오스 공작이 파 놓은 함정일지도 몰랐다. 무턱대고 움직였다가 함정에 빠지는 것보다는 확실히 해 두는 편이 나았다.

하지만 제아무리 스탈란 남작의 요청이라 할지라도 열흘은 지나치게 길었다.

자신의 안전이 걸린 만큼 신중해질 수밖에 없는 스탈란 남작의 입장을 모르는 건 아니다. 그러나 지나치게 몸을 사리는 것도 좋지 않았다.

자칫 잘못했다간 적들에게 준비할 시간을 보태 주는 꼴만되고 말 것이다.

칼리오스 공작의 초대를 받아들이면 가급적 군을 움직이는 건 자제해야 할 것이다. 출전 준비야 끝마친다 하더라도 하온에서 벗어날 수가 없다.

그 외중에 칼리오스 공작과의 협상이 결렬된다면 거의 한 달 가까운 시간을 허비하게 될 것이다.

"흐음."

겨울이 가까워질수록 조급해지는 건 자신들이다. 그런 심리적인 부담을 최소한으로 줄이기 위해서라도 준비 기간을 줄여야 했다.

"5일을 주겠다."

"대, 대공 전하!"

"5일 안에 해결하지 못하면 곧바로 칼리오스 공작령으로 가겠다."

단리명이 단호한 목소리로 중재안을 내놓았다.

"아, 알겠습니다."

스탈란 남작이 마지못해 고개를 끄덕였다.

2

닷새라는 시간은 눈 깜짝할 사이에 흘러 버렸다.

"대공 전하께서 부르십니다."

약속처럼 단리명은 스탈란 남작을 찾았다.

"후우, 알았소."

무겁게 한숨을 내쉬며 스탈란 남작이 떨어지지 않는 발걸음을 움직였다.

"어찌 됐느냐?"

집무실로 들어서는 스탈란 남작을 향해 단리명이 눈을 들었다.

"죄송합니다."

스탈란 남작이 이내 고개를 떨어뜨렸다.

다방면으로 정보를 긁어모았지만 안타깝게도 칼리오스 공작의 저의를 알아내지 못했다.

"됐다. 이제는 내 뜻대로 하겠다."

단리명이 그럴 줄 알았다는 듯 몸을 일으켰다. 그러자 스탈란 남작이 다급히 입을 열었다.

"대, 대공 전하! 다시 생각해 주십시오."

"무엇을 말이냐?"

"대공 전하, 부디 조금만 더 시간을 주십시오."

"이미 충분히 줬다."

"5일, 아니, 3일만 더 주십시오. 칼리오스 공작이 무슨 꿍꿍이인지 기필코 알아내겠습니다!"

스탈란 남작이 간곡한 목소리로 청했다. 자존심 때문에라도 이대로 물러날 수 없다는 표정이다.

하지만 단리명도 더 이상의 기회를 주긴 어려웠다.

"칼리오스 공작을 만나겠다."

"하오나 대공 전하……."

"더 이상 고집 부리지 말도록."

"……알겠습니다, 전하."

내색하진 않았지만 그는 처음부터 스탈란 남작에게는 별다른 기대를 하지 않았다.

칼리오스 공작이 자신을 초청한 건 사내로서 자신의 선택에 책임을 지겠다는 의지다. 스탈란 남작의 의심처럼 다른 생각을 품은 게 아니었다.

건곤일척의 싸움을 앞에 두고 적장에게 술잔을 권하는 여유를 부리는 것이다. 그런 줄도 모르고 애당초 없는 저의를 찾아내겠다고 머리를 싸맸으니 이토록 고전하는 것도 무리는 아니었다.

물론 스탈란 남작이 무엇을 걱정하는지 모르는 바는 아니다. 하지만 그것은 소위 머릿속에 먹물만 가득 찬 자들이 자주 하는 쓸데없는 기우에 불과했다.

시간 낭비일 뿐이다. 긁어 부스럼을 만드는 것이나 다를 바 없었다.

"스탈란 남작."

"말씀하십시오."

"가끔은 머리가 아니라 가슴으로 생각하도록."

"가슴… 말입니까?"

"가슴으로 칼리오스 공작의 진심을 느껴 봐라."

모호한 숙제를 남기며 단리명이 집무실을 빠져 나갔다.

"가슴이라."

텅 빈 방에 홀로 남겨진 스탈란 남작이 질근 입술을 깨물었다.

3

"칼리오스 공작령으로 가자."

마차에 오른 단리명이 일말의 망설임조차 없이 목적지를 말했다.

"알겠습니다. 대공 전하."

어느새 마부석이 자연스러워진 메르시오 백작이 채찍을 휘둘렀다.

히히힝!

잔뜩 긴장된 눈으로 전방을 주시하고 있던 여덟 마리의 말들이 힘껏 지축을 걸어챘다.

덜컹. 덜컹.

마차는 눈 깜짝할 사이에 왕성을 빠져 나갔다. 말들이 어찌나 성급하게 내달리는지 호위를 해야 할 기사들이 뒤처지기 시작했다.

"이놈들! 마차를 호위해라! 어서!"

마차의 뒤를 바짝 따르며 아르넬이 있는 힘껏 악을 내질렀다.

"이럇!"

"서둘러라!"

기사들이 움찔 놀라며 말 고삐를 흔들었다.

잿빛 기사단에게 있어 이번 단리명의 호위는 실로 영광스러운 임무가 아닐 수 없었다.

사지(死地)나 다를 바 없는 칼리오스 공작령을 향하면서 단리명은 오직 잿빛 기사단만 대동하겠다고 말했다. 단리명을 따르는 수많은 기사들이 지켜보는 앞에서 자신들이 선택된 것이다.

덕분에 잿빛 기사단원들은 적지 않게 흥분한 상태였다. 몇몇은 드디어 단리명에게 인정을 받은 것이라며 까불기까지 했다.

처음 아르넬의 생각도 이들과 별반 다르지는 않았다. 솔직히 말하자면 잿빛 기사단원들 중 누구보다 기뻐하고 우쭐 거리기에 바빴다.

하지만 하이베크의 따끔한 충고를 들으면서 자신이 큰 착각을 하고 있다는 사실을 깨달았다.

"대공 전하의 곁에 있다고 자만하지 말고 정신 바짝 차려라."

"하하, 이해하십시오. 분위기가 좋다 보니 다들 조금씩 들뜬 모양입니다."

"어리석은 것. 대공 전하를 따르는 기사들이 너희뿐이라고 생각하느냐?"

"갑자기 그게 무슨 말씀이십니까?"

"운 좋게 먼저 기회를 얻었다고 자만하지 마라. 설마 대공 전하께서 이 좁은 나라에 만족하실 분이라고 생각했더란 말이냐?"

"……!"

"대공 전하께서 품으신 뜻은 네가 생각하는 것보다 훨씬 크고 넓다. 그만큼 대공 전하께는 많은 인재들이 필요할 것이다."

"그렇다면……!"

"이제 알겠느냐? 잿빛 기사단 정도의 기사단은 앞으로 수도 없이 생겨날 것이다. 그들에게 대공 전하와 함께 할 수 있는 영광을 뺏기지 않기 위해서라도 이번 임무를 확실히 수행해야만 한다. 알겠느냐?"

"아, 알겠습니다!"

형식상 잿빛 기사단을 이끄는 입장에 있어서일까. 아니면 충실하게 단리명을 따르고 있는 메르시오 백작에 대한 배려일까.

하이베크는 은밀히 새로운 기사단의 창설이 임박했음을 전했다.

실제로 바르카스 공작을 따르던 기사들 중 상당수가 단리명을 따르길 희망했다. 바르카스 공작을 따라 죽기보다는 살아서 영화를 꿈꾸길 원했다.

티마르 공작 진영의 마법사들도 마찬가지.

"무엇이든 시켜만 주십시오."

"제발 내치지만 말아 주십시오."

예전에는 하밀 국왕조차 우습게 알던 그들이었지만 샤이니아 앞에서는 절절 기었다. 심지어 먼발치에서 단리명의 머리카락이라도 보이면 바닥에 납작 엎드려 움직일 생각조차 하지 않았다.

그만큼 구차하게 목숨을 구한 이들은 더 살기 위해 발악하고 있었다.

만에 하나 그들에게 기회가 주어졌을 때 어떤 각오로 임할지는 뻔한 노릇.

그 사실을 간과한 채 자만심에 빠져 긴장을 풀어 버린다면 결코 오랜 영광을 누리지 못할 것이다.

잠시 해이한 모습을 보이던 잿빛 기사들이 빠르게 전열을 가다듬었다.

"베이슨!"

"부르셨습니까!"

"이제 곧 대로가 나타난다. 기사 40과 함께 왼쪽을 호위해라!"

"알겠습니다."

아르넬의 명과 함께 부기사단장 베이슨이 기사들과 함께 마차의 왼쪽으로 붙었다.

"미카엘!"

"명령만 내리십시오!"

"너는 오른쪽이다."

"알겠습니다!"

뒤이어 부기사단장 미카엘이 기사 40명을 이끌고 마차의 오른쪽을 호위했다.

"쥬겔!"

"말씀하시오!"

"뒤를 부탁한다."

"염려 마시오."

수석 부기사단장 쥬겔에게는 마차의 후방을 호위하는 임무가 떨어졌다.

배속된 기사는 60명.

한 사람의 지휘관이 이끌기에는 제법 많은 수였다. 하지만 잿빛 기사단에서 쥬겔만큼 실전 경험이 많은 지휘관은 드물었다.

자존심 강한 아르넬조차 노련함에 있어서만큼은 쥬겔에게 한 수 접어 줄 정도였다.

"사이든! 아이젤!"

"여기 있습니다!"

"부르셨습니까!"

"너희는 나와 함께 앞으로 가자!"

"크흐흐!"

"그 말을 기다리고 있었습니다!"

남은 기사 60명과 함께 아르넬이 마차의 앞으로 뛰쳐나갔다. 그를 따라 부기사단장인 사이든과 아이젤이 요란스럽게 말을 몰았다.

"워! 워!"

그 기세가 어찌나 대단하던지 말을 몰던 메르시오 백작이 당혹스러워할 정도였다.

"꽤나 소란스럽군."

단리명과 함께 마차 안에 머물러 있던 로데우스도 못마땅한 듯 눈가를 찌푸렸다.

반면 하이베크는 흡족한 표정이었다.

"대형의 행차다. 이 정도는 양호한 거지."

조금 지나치긴 했지만 열의를 보인다는 것 자체만큼은 칭찬받을 만했다.

단리명도 슬쩍 입가를 비틀었다. 자신들끼리 기합을 내며 마차를 호위하는 모습을 보니 천마신교 시절 흑풍대가 생각이 났다.

'녀석들은 잘 지내고 있을까?'

단리명은 불현듯 중원이 그리워졌다.

누가 뭐라고 해도 중원은 자신의 뿌리였다. 다행히 이곳의 생활도 나쁘진 않지만 언제고 때가 되면 그곳으로 돌아갈 생각이었다.

비록 재회의 순간까지는 생각보다 오랜 시간이 걸리겠지만 말이다.

"이럇!"

아들의 열정에 자극을 받은 것일까. 메르시오 백작이 더욱 힘차게 채찍을 휘두르기 시작했다.

덜컹, 덜컹.

대로에 접어든 마차가 요란스럽게 울어댔다.

다가닥, 다가닥.

경쟁하듯 200여 인마가 마차를 감싸며 대지를 내달렸다.

4

단리명을 태운 마차가 하온을 완전히 벗어났을 무렵.

"괜찮을까?"

창밖을 내다보는 하밀 국왕의 입가를 타고 무거운 한숨이 흘러나왔다.

처음 칼리오스 공작의 초대를 받았다는 말을 들었을 때는 그저 실소만 흘렸다. 그렇듯 뻔히 보이는 함정에 리먼 대공이 빠질 리 없다고 생각했다.

그러나 리먼 대공은 끝내 초청에 응하고 말았다. 그것도 국왕인 자신에게는 한마디 상의도 없이.

솔직히 서운한 마음이 없지 않았다. 그보다는 왕국의 미래나 마찬가지인 리먼 대공의 신변에 무슨 일이 생기는 건 아닐까 걱정이 됐다.

"너무 걱정하지 마십시오, 폐하. 다 잘될 것입니다."

베론 백작이 어색하게 웃으며 하밀 국왕을 달랬다.

만일 그가 궁내 대신의 자리에 머물러 있었다면 하밀 국왕처럼 불안함에 빠져 있었을 것이다. 하지만 자신의 새로운 인생을 찾아 나서면서 그동안 보지 못했던 많은 사실들을 알게되었다.

그중에 하나가 리먼 대공의 진정한 실력.

어렵게만 여겨졌던 이번 전쟁을 통해 그동안 말로만 들었던 실력을 어느 정도 체감했다는 것만으로도 리먼 대공에 대한 믿음이 더없이 커졌다.

"리먼 대공은 칼리오스 공작과 발렌시아 공작이 함께 덤빈다고 하더라도 어찌할 수 있는 분이 아니라는 건 폐하께서도 잘 알고 계시지 않습니까."

"하지만……."

"게다가 리먼 대공의 곁에는 대단한 기사들이 함께하고 있지 않습니까?"

"흐음……."

베론 백작의 위로에 어느 정도 마음이 놓인 것일까. 하밀 국왕의 신음이 한결 가벼워졌다.

어쩌면 문지기로서의 사명을 완수하고 싶은 욕심에 마음을 졸였던 것인지도 모를 일.

"잘되겠지."

하밀 국왕은 애써 웃었다. 지금 그가 할 수 있는 건 맘 편히 기다리는 것뿐이었다.

같은 시각.

"뭣이라!"

칼리오스 공작이 단리명을 초청했다는 소문이 발렌시아 공작의 귀에 들어갔다.

"자세히 말하라!"

"그, 그것이… 칼리오스 공작께서 리먼 대공에게 겁을 먹은 것 같습니다."

"겁을 먹다니! 그래서 영지를 통째로 내다 바치기라도 하겠다는 것이냐!"

발렌시아 공작은 분을 참지 못했다.

어리석은 바르카스 공작이 허무하게 무너진 것으로도 모자라 티마르 공작까지 패퇴한 지금 당장 손을 내밀 수 있는 건 칼리오스 공작뿐이다.

그것은 칼리오스 공작도 마찬가지. 굳이 말을 하지는 않았지만 당연히 서로 힘을 합쳐 간악한 리먼 대공을 상대해야 한다고 생각했다.

하지만 떠도는 소문은 칼리오스 공작이 단리명에게 고개를 숙였다고 한다.

"감히! 내 뜻을 어기겠다는 것인가!"

쾅!

성난 발렌시아 공작이 매섭게 책상을 내려쳤다.

콰직!

고풍스럽던 책상이 그 힘을 견디지 못하고 그대로 주저앉아 버렸다.

"어찌하면 좋을까요?"

좋지 않은 소식을 들고 온 맥고튼 백작이 떨리는 목소리로 물었다.

"칼리오스 공작 진영과 연결된 모든 통로를 폐쇄해라! 어서!"

칼리오스 공작의 배신을 기정사실화하듯 발렌시아 공작이 언성을 높였다.

"아, 알겠습니다. 공작님!"

화들짝 놀란 맥고튼 백작이 다급히 밖으로 뛰쳐나갔다.

5

"칼리오스 공작령과 통하는 모든 길을 막고 출입을 차단하라!"

분노한 발렌시아 공작의 엄명이 전해지기가 무섭게 칼리오스 공작 세력과 연결된 열 다섯 개의 길이 모조리 막혀 버렸다.

"이 보시오!"

"문 좀 열어 주시오!"

양쪽을 오가던 상인들은 갑작스런 성문 봉쇄에 발을 동동 굴렀다.

그것은 잠시 영지를 떠났던 자들도 마찬가지.

"안으로 들여보내 주십시오!"

"찰스! 나네! 내 얼굴을 벌써 잊어 버렸나?"

성문 앞에서 애원하며 어쩔 줄을 몰라 했다.

"저, 대장님……."

"무슨 일이냐?"

"상인들은 모르겠지만 얼굴이 익은 영지민들이 보입니다 만……."

"그래서?"

"신분이 확실한 자들은 일단 들여보내시는 게 어떻겠습니까?"

보다 못한 병사들이 나서서 수비대장을 설득했다.

확실히 성문을 봉쇄하라는 조치는 너무 급작스런 면이 없지 않았다. 칼리오스 공작과 당장 전쟁이 벌어지는 것도 아닌데 영지민들까지 들어오지 못하게 막는 건 확실히 지나쳐 보였다.

그 점을 수비대장도 모르지 않았다. 그 역시 마음 한구석이 불편한 건 마찬가지였다.

하지만 만에 하나 그들 중에 첩자나 불순한 무리들이 섞어 들어오기라도 한다면 그 책임은 온전히 자신이 감당해야만 한다.

"너희들의 마음은 잘 알겠다만 상부의 명령이다."

"하오나……."

"시끄럽다! 어서 보초를 서라! 어서!"

수비대장이 애써 병사들의 뜻을 외면했다.

"알겠습니다."

병사들도 섭섭한 얼굴로 자신들의 자리로 돌아갔다.

이 같은 일은 발렌시아 공작 진영의 서쪽 영지 곳곳에서 일어났다.

"한마디 말도 없이 성문을 닫다니!"

"해도 너무하잖아!"

어제까지만 해도 멀쩡하던 길이 막히자 적지 않은 이들이 불만을 토로했다.

하지만 단단히 화가 난 발렌시아 공작은 쉽게 성문을 열 생각이 없었다.

자연스럽게 그들의 불만은 칼리오스 공작에게 향했다.

"백성들의 원성이 자자합니다."

케이로스가 불안한 목소리로 말했다.

발렌시아 공작과의 불화는 어느 정도 예견된 일이다. 다만

이렇듯 급작스럽게 모든 통로가 막혀 버릴 줄은 미처 생각지
못했다.

그만큼 발렌시아 공작이 화가 났다는 걸 방증한다. 그것은 또
한 피차 되돌아올 수 없는 강을 건넜다는 이야기가 되고 만다.

발렌시아 공작의 도움이 없다면 칼리오스 공작령은 어찌 될
까.

그 불안감은 칼리오스 공작 세력의 영지민들이 가장 먼저
느끼고 있었다.

만일 그간의 노력이 없었다면 영지민들은 가장 먼저 등을
돌렸을 것이다. 전쟁을 피해 남쪽으로 도망치듯 빠져나갔을
것이다.

그나마 칼리오스 공작가이기 때문에 백성들이 미련을 갖는
것이다. 영지민들에게 바르카스 공작가나 티마르 공작가였다
면 진즉 보따리를 쌌을 것이다.

"흐음."

칼리오스 공작은 무겁게 한숨을 내쉬었다. 백성들의 바람이
부담이 되어 그의 어깨를 더욱 무겁게 만들었다.

그렇다고 다른 뾰족한 대안은 없었다.

남은 방법은 리먼 대공과의 협상뿐. 그것에 모든 걸 거는 수
밖에 없었다.

Chap.
41

칼리오스 공작령으로 가는 길

1

칼리오스 공작성으로 향하는 길은 생각보다 험난하고 멀었다.

"제길, 사방이 산이군."

끝없이 펼쳐진 산들을 바라보며 로데우스가 고개를 흔들었다.

"솔직히 이런 곳에서 싸웠다면 고생깨나 했을 것 같습니다, 대형."

하이베크도 질린다는 듯이 말했다.

드래곤의 입장에서 봤을 때 이 정도 산지는 그리 대단할 게 못됐다. 솔직히 본체로 돌아가 높은 하늘을 날다 보면 모든 게 작아 보이게 마련이다.

하지만 인간으로 생활하면서 그들과 같은 시선을 갖게 되다 보니 칼리오스 공작 세력 전역에 분포되어 있는 산지가 눈에 거슬렸다.

그들이 자신들의 힘을 십분 발휘한다면 문제없겠지만 제한 된 능력으로 병사들과 함께 싸워 나가기에는 확실히 골치 아 파 보였다.

그만큼 칼리오스 공작 세력의 지형은 험준하기 그지없어 보 였다.

하지만 단리명은 그저 코웃음을 쳤다.

"하백, 너도 노대수를 닮아 가는구나."

"예?"

"엄살이 많아졌단 말이다."

"그, 그럴 리가요."

순간 하이베크의 얼굴이 빨개졌다.

"쳇, 가만 있는 절 가지고 그러십니까?"

로데우스는 입이 댓발이나 나왔다.

솔직히 말해 하이베크와 로데우스는 아직 전투 경험이 부족 했다.

개개인의 능력으로 보자면 일일 군단에 비할 정도였지만 군 을 이끄는 전략은 감히 단리명에 비할 바가 못됐다.

예를 들어 다섯 명의 드래곤과 세 명의 마족을 놓고 싸움을 치러야 한다면 하이베크와 로데우스는 당연히 개인전을 주문할 것이다. 남은 두 드래곤은 만약을 위해 뒤로 물려 놓을 것이다.

상대가 마왕급이 아니라면 결코 협공을 펼칠 생각을 하지 않았을 것이다.

반면 단리명이라면 강한 순서대로 적들과 대치시키되 남은 둘을 이용해 협공을 지시했을 것이다.

마족과 드래곤의 싸움은 단순히 승패만을 따지는 대련이라면 단리명도 하이베크와 로데우스의 뜻을 존중했을 것이다. 하지만 결코 같은 하늘 아래 머물 수 없는 철천지원수와의 싸움이라면 아군의 피해를 최소화하면서 확실히 이기는 게 최선이었다.

결국 이는 드래곤과 인간의 습성에서 오는 차이였다.

단리명이 하이베크와 로데우스를 뛰어넘는 절대 강자의 반열에 올라 있긴 하지만 천마신교에 있는 동안 수많은 전투를 치르고 지휘해 왔다. 그 과정에서 모두가 자신처럼 강하지 않다는 걸 여실히 깨달았다.

지금도 마찬가지.

산지가 험하긴 해도 싸울 방법이 없는 건 아니다. 솔직히 말해 천마신교가 머무르고 있는 천만대산의 산지도 이곳 못지 않게 험했다.

그런 천마신교를 무림맹 놈들은 호시탐탐 노렸다. 역사를 놓고 본다면 몇 번이고 천만대산을 너머 천마신교를 공격하기도 했다.

그딴 나약한 정파 놈들이 했던 일을 자신이 못할 리 없었다. 당연히 천연의 장벽을 두르고 있는 칼리오스 공작령을 공략할 자신이 있었다.

그것을 가능하게 하는 게 바로 전략과 전술이다. 자신의 머릿속에 들어 있는 수많은 계책들을 적절히 활용한다면 산지조차 저들을 보호하지 못할 것이다.

하지만 하이베크와 로데우스는 아직까지 인간들의 나약함이 답답하기만 했다.

'하나같이 장비같은 놈들이구나.'

단리명이 살짝 미간을 찌푸렸다. 하이베크와 로데우스가 우직하게 자신을 따르는 의형제들인 건 사실이지만 확실히 일군을 맡기기에는 부족해 보였다.

그렇다고 이들을 언제까지나 자신의 곁에 붙여 둘 수는 없는 노릇이었다.

만에 하나 자신이 없는 사이에 왕국에 무슨 일이라도 생긴다면 믿을 수 있는 건 결국 하이베크와 로데우스, 이들 둘뿐이다.

"하백, 전략과 전술을 아느냐?"

단리명의 시선이 하이베크에게 향했다.

"혹시 전쟁에서 사용되는 전략과 전술을 말씀하시는 것입니까?"

"그렇다."

"물론 충분히 알고 있습니다."

하이베크가 당연하다는 듯이 고개를 끄덕였다.

본디 화이트 드래곤은 그린 드래곤과 함께 일곱 일족 중 가장 약한 일족으로 평가받는다. 반면 탐구욕은 골드 일족과 더불어 최고로 꼽혔다.

하이베크 역시 화이트 드래곤.

그는 강해지겠다는 욕심을 놓지 않으면서도 화이트 일족의 습성을 철저하게 따랐다. 그렇다 보니 제법 방대한 지식들을 알고 있었다.

하이베크의 머릿속에 담긴 전략서만 해도 족히 수만 종은 될 것이다. 그렇다 보니 단리명의 물음에 떳떳하게 대답할 수 있었다.

"노대수, 너는?"

"큹, 대형. 너무 저를 무시하시는 거 아닙니까?"

"하하. 네 녀석도 전략을 아느냐?"

"물론입니다. 하이베크 녀석만큼은 아니지만 저도 적지 않게 책을 읽었지요."

로데우스도 가슴을 내밀며 우쭐거렸다.

하이베크와 같은 친구를 사귀다 보니 그 역시도 자연스럽게 여러 종의 책들을 접했다.

물론 별 의미 없이 훑어 넘긴 게 대부분이었지만 어쨌든 그들 중에 전략이나 전술과 관련된 책들이 포함되어 있는 게 사실이었다.

하지만 정작 단리명은 단순히 독서량 같은 걸 묻는 게 아니었다.

"그렇다면 저곳에 적들이 매복해 있다고 감안하고 전략을 말해 보거라."

"매복이요?"

"그래, 아군의 군세를 예를 들어 말이다."

단리명이 가리킨 곳에는 높은 구릉이 펼쳐져 있었다. 그 앞으로 좁은 길이 나 있었다.

군을 이끄는 입장이라면 저 길을 지나치게 될 터. 그 순간 매복한 적이 공격한다면 아마도 적지 않은 피해를 입게 될 것이다.

'매복병이 몇이나 될까. 삼백? 오백? 아니면 천? 내가 이끄는 병력은 어느 정도일까. 삼천? 오천? 아니지, 어쩌면 일천이 되지 않을지도 몰라.'

하이베크는 마른침을 꿀꺽 삼켰다. 병력 상황에 맞춰 생각이 깊어질수록 도무지 어떤 전략을 세워야 할지 감이 오질 않았다.

그것은 로데우스도 마찬가지.

"끄응."

도무지 답을 찾지 못한 듯 잔뜩 얼굴을 일그러뜨렸다.

"하백, 답을 구했느냐?"

마차가 문제의 구릉 아래를 지날 때 쯤 단리명이 슬며시 입을 열었다.

"잘 모르겠습니다."

하이베크가 이내 고개를 흔들었다.

"노대수, 너는?"

단리명의 시선이 로데우스에게 향했다.

"그, 그냥 돌아가면 안 될까요?"

로데우스가 머쓱한 듯 뒷머리를 긁적거렸다.

"메르시오 백작."

"말씀하십시오."

"네 생각은 어떠냐?"

단리명이 이번에는 마차를 몰고 있는 메르시오 백작에게 물었다.

"글쎄요. 워낙 변수가 많아 확실한 답을 드리기 어렵습니다만……."

"다만?"

"만일 전쟁의 상황이 지금과 비슷하다면 별동대를 조직해 매복한 적군을 기습하겠습니다."

"만일 매복한 수가 많다면 어찌하겠느냐?"

"그럴 가능성은 희박하다고 생각합니다. 본군에 대공 전하께서 계시는데 본진의 병력을 비워두고 들킬지 모르는 매복에 모든 것을 걸 만큼 칼리오스 대공이 어리석지는 않을 테니까요."

비록 마차를 몰고 있지만 메르시오 백작의 신경은 마차 안쪽에 쏠려 있었다. 게다가 그는 오랫동안 남부군을 이끈 경험이 많았다.

덕분에 단리명이 원하는 대답을 소신껏 할 수 있었다.

"나쁘지 않은 전술이다."

단리명이 만족스러운 듯 고개를 끄덕였다.

"감사합니다, 대공 전하."

메르시오 백작의 채찍이 더욱 흥겹게 움직였다.

"머릿속에 들어 있다고 전략 전술이 아니다. 그것을 실제로 적용할 수 있어야만 전략 전술을 알고 있다고 말할 수 있는 것이다."

단리명은 하이베크와 로데우스에게 전략과 전술의 중요성에 대해 일러 주었다. 또한 머릿 속에만 머무는 죽은 전략 전술이 아닌 군을 승리로 이끌 수 있는 살아 있는 전략 전술을 체득할 것을 주문했다.

"알겠습니다, 대형."

자신의 새로운 결점을 발견이라도 한 것처럼 하이베크가 눈을 빛냈다.

반면 로데우스는 귀찮은 일이 하나 더 생기기라도 한 표정이었다.

"노대수, 너는 어찌 대답이 없느냐?"

단리명이 채근하듯 로데우스를 바라보았다.

"끄응. 노력하겠습니다."

로데우스가 마지못해 고개를 주억거렸다. 레드 일족의 성격상 이것저것 재고 따지는 게 쉬울 리 없었지만 단리명의 말을 차마 거역할 용기는 없었다.

"메르시오 백작."

"부르셨습니까."

"칼리오스 공작령까지는 얼마나 남았느냐?"

"이대로 가면 열흘 내에 당도할 수 있을 것 같습니다."

잿빛 기사단의 호위 속에 마차는 부지런히 산길을 달리고 있었다.

도중에 예상 밖의 일이 생기지 않는다면 열흘간 마차 안에서만 지내야 할 것이다. 그 시간을 이대로 허비할 필요는 없었다.

"잘됐군. 그렇다면 그 동안 내가 몇 가지 병법을 일러 주겠다."

하이베크와 로데우스를 바라보는 단리명의 눈빛이 어딘지 모르게 짓궂어졌다.

"벼… 변법이요?"

오랜만에 중원의 말을 들어서일까? 로데우스가 바짝 긴장했다.

"설마 대형께서 알고 계시는 전략 전술을 말씀하시는 것입니까?"

눈치 빠른 하이베크가 단리명의 의중을 꿰뚫었다.

"그래, 잘 알고 있구나."

단리명이 보란 듯이 입가를 들어 올렸다.

본디 계획대로라면 단리명은 이번 겨울이 오기 전에 칼리오스 공작이나 발렌시아 공작 중 하나를 공략하면서 하이베크와 로데우스에게 차근차근 군의 운용에 대해 가르쳐 볼 생각이었다.

물론 단리명도 군대처럼 대단위의 병력을 지휘한 경험은 많지 않았다.

천마신교에서 그를 따라 무림행에 나섰던 이들도 고작 오백여 명이 전부. 그들과 손발을 맞춘 것으로 군을 움직이는 건 무리였다.

그러나 단리명의 또 다른 신분을 안다면 감히 그런 의심은 하지 못할 것이다.

단리명은 대리국의 왕자로 태어났다. 어려서 신동 소리를 듣고 자랐던 그는 병법에도 능통해 왕국에서도 손꼽히는 병법가들을 당혹스럽게 만들었다.

거기에 천마신교에서의 경험이 더해진 만큼 스스로 전략과 전술에 있어서는 누구에게도 뒤처지지 않는다고 자부할 만했다.

문제는 대군을 이끌 자가 자신뿐이라는 것이다.

솔직히 말해 자신과 함께하는 이들 중 군을 통솔한 경험이 있는 건 메르시오 백작뿐이다. 그를 제외한다면 군을 맡길 만한 자가 없었다.

일찌감치 합류한 남부의 귀족들은 하나같이 능력이 부족했다.

남부 귀족들은 단리명을 만날 때면 활약할 기회를 달라고 떠들어댔다. 하지만 실제 그들을 전쟁으로 내보내도 되겠다는 믿음은 없다시피 했다.

한때 왕실 호위군을 이끌었던 로이젠 백작 또한 의욕만 앞섰다.

물론 마스터의 경지에 이른 그의 개인적인 능력만큼은 나쁘지 않았다. 하지만 그는 적을 제대로 살피는 냉철함이 부족했다.

하밀 국왕의 곁을 지키고 있던 이들이나 투항한 귀족들은 말할 가치조차 없었다.

결국 단리명을 도와 군을 이끌어야 하는 건 하이베크와 로데우스, 메르시오 백작뿐이다. 그중에서도 단리명은 개인적인 능력이 출중한 하이베크와 로데우스가 큰 역할을 해 주길 기대하고 있었다.

"지금 우리들의 적인 칼리오스 공작과 발렌시아 공작은 독단적인 움직임을 취하고 있다. 하지만 이후에 마주칠 적들까지 그러라는 보장은 없다."

"그, 그렇다면 대형. 그때는 저희에게 군을 맡기실 생각이십니까?"

"물론이다. 아직 성에 차지 않지만 지금 내가 군을 맡길 수 있는 건 너희 셋뿐이다."

단리명의 한마디에 하이베크와 로데우스의 표정이 밝아졌다.

"이럇!"

밖에서 마차를 몰던 메르시오 백작도 감격을 감추지 못하고 채찍을 휘둘렀다.

하지만 아직 기뻐하기에는 일렀다. 아직 단리명의 말은 끝나지 않았다.

"스탈란 남작에게 전략과 전술에 밝은 인재들을 찾아보라고 했으니 그들을 잘 다룬다면 많은 도움을 받을 수 있을 것이다. 그렇다고 그들의 생각에 무조건 의지하려 해서는 안 된다. 최종 결정은 총사령관인 너희들의 몫. 고작 책략가의 말에 휘둘려서야 어찌 군을 이끌겠느냐."

단리명이 하이베크와 로데우스, 메르시오 백작에게 원하는 건 한 가지다.

총 사령관으로서의 자질.

군에 소속된 수많은 이들의 생명을 책임지며 적과 싸워 승리할 수 있는 총사령관으로서 역할을 다해 주길 바라는 것이다.

"첩보원들의 보고에 따르면 주변국들의 움직임이 심상치가
않습니다. 아마도 대공 전하의 기세가 꺾이기를 기다리는지도
모르겠습니다."

스탈란 남작의 말이 사실이라면 머지않아 주변국들의 도발
이 시작될 것이다. 빠르게 내부의 혼란을 다잡으면 좋겠지만
최악의 경우 전쟁도 배제할 수 없었다.

그런 때에 단리명이 자주 자리를 비운다면 여왕이 될 레베
카가 힘들어 질 터.

왕국이 안정을 되찾을 때까지는 단리명이 하온에 남아 중심
을 지켜야 했다. 단리명을 대신해 이들 셋이 나서서 군을 이끌
어 줘야 했다.

그러기 위해서라도 전략 전술에 대한 감각을 익힐 필요가
있었다.

"자, 이번에는 저쪽 등선에서 적군과 부딪쳤다고 생각해 보
자."

달리는 마차 안에서 단리명이 또 다른 문제를 내었다.

"끄응."

로데우스가 절로 앓는 소리를 냈다.

"잠시만 생각할 시간을 주십시오."

하이베크의 얼굴도 점차 일그러지기 시작했다.

'거 참, 두 분 빨리 빨리 좀 생각하십시오.'

오직 전략을 선택한 메르시오 백작만이 흥겹게 마차를 몰아나갔다.

2

"대공 전하."

"다 왔느냐?"

"예, 저곳이 바로 칼리오스 공작성입니다."

열흘간의 여정 끝에 단리명 일행은 칼리오스 공작성에 도착할 수 있었다.

"으윽, 이제 좀 편히 잘 수 있겠군."

열흘간 마차에서 새우잠을 잔 게 불편했던지 로데우스가 한껏 기지개를 켰다.

"너뿐만이 아니라 대형도 마차에서 주무셨는데 무슨 호들갑이냐?"

슬쩍 로데우스에게 핀잔을 주는 하이베크의 표정 또한 밝았다.

날이 거의 저문 만큼 이대로 공작성 안으로 들어간다면 피로부터 풀 생각이었다. 그러나 그들의 계획은 시작부터 장애에 부딪쳤다.

"마차를 멈추시오!"

굳게 닫힌 성문을 열 생각도 하지 않은 채 수비대장으로 보이는 자가 무섭게 소리쳤다.

요란한 호위를 받으며 달려온 마차에 매달린 깃발은 확실히 낯설었다. 게다가 발렌시아 공작과 대립 중이다 보니 신경이 날카로울 수밖에 없었다.

하지만 정작 초대를 받고 달려온 단리엠 일행은 불쾌할 수밖에 없었다.

'큰일 났군.'

마차 안의 심상치 않은 분위기를 직감한 메르시오 백작이 재빨리 마부석에서 뛰어내렸다. 성격 급한 로데우스나 용서 없는 하이베크가 나서기 전에 수비대장을 설득하고 성문을 열어야만 했다.

"마차를 멈추라니? 그게 무슨 소리요!"

"날이 어두워진 게 보이지 않느냐!"

"아직 해가 지지 않았지 않소!"

"흥! 여긴 칼리오스 공작성이다. 아무나 들어올 수 있는 곳이 아니다!"

"우린 칼리오스 공작의 초청을 받았소! 그러니 어서 성문을 여시오!"

"이놈! 어디서 감히 칼리오스 공작님의 이름을 함부로 놀리는 것이냐!"

하지만 수비대장은 들은 척도 하지 않았다. 오히려 겁도 없이 메르시오 백작을 노려보았다.

실제 칼리오스 공작의 이름을 들먹이며 공작성으로 들어오려던 귀족들이 적지 않았다. 그들을 상대하는 과정에서 수비대장의 신경은 무척이나 날카로워져 있었다.

수비대장은 단리명 일행도 그런 이들 중 하나라고 생각했다. 아직 날이 저물지는 않았지만 호락호락하게 성문을 열어주고픈 마음이 없었다.

게다가 정작 상대는 마차에서 내리지도 않고 마부 따위를 내세워 자신에게 함부로 말을 붙이고 있었다.

비록 자신이 수비대장에 불과하지만 칼리오스 공작가의 가신 중 하나. 이런 모욕을 받는다는 게 가당찮고 열불이 나 견딜 수가 없었다.

"썩 물러 가거라! 용건이 있거든 통행증을 가지고 내일 아침에 다시 찾아오거라!"

수비대장이 눈을 부라리며 엄포를 놓았다.

마음 같아선 검을 뽑아 들고 싶었지만 칼리오스 공작의 명예를 생각해 애써 분을 억눌렀다.

덕분에 그는 목숨을 구할 수 있었다. 하지만 닥쳐 올 화까지 피하지는 못했다.

"노대수."

단리명의 목소리가 싸늘하게 울렸다.

"명만 내리십시오!"

로데우스가 기다렸다는 듯이 으르렁거렸다. 옆에 앉은 하이베크도 여차하면 나서겠다는 투였다.

"성문을 부숴라!"

단리명이 과격한 명령을 내렸다. 자신을 입증함으로서 오해를 풀 수도 있지만 그의 성격상 그런 번거로운 방법을 선택할 리 없었다.

"알겠습니다!"

로데우스도 그 자리에서 마차 밖으로 뛰어내렸다.

쿠우웅!

묵직한 울림이 몰려드는 어둠을 저만치 밀어냈다.

"후, 후작님!"

로데우스의 등장에 놀란 메르시오 백작이 말을 더듬었다. 그가 나섰다는 건 단리명의 분노가 상당하다는 의미. 최악의 경우 유혈 사태가 벌어질 수도 있었다.

하지만 로데우스도 그렇게까지 생각이 없지는 않았다.

칼리오스 공작의 초청을 받은 이상 가급적 살상은 피해야 했다.

어쩌면 수비대장의 으름장도 의도된 행동일지도 모를 일. 그렇다면 이쪽에서도 함부로 까분 것에 대한 죄만 물으면 그만이다.

그전에 일을 깔끔하게 마무리 짓지 못한 메르시오 백작에게 불똥이 튀었다.

"멍청한 놈. 고작 저딴 놈들을 하나 처리하지 못한단 말이냐?"

"죄송합니다, 후작님."

"그래서야 어디 대형의 마차를 맡길 수 있겠느냐!"

"면목 없습니다."

가급적 충돌을 피하겠다는 메르시오 백작의 생각은 틀리지 않았다. 불필요한 일로 인해 협상 자체가 틀어질지도 모를 상황이었다.

하지만 상대의 오만함에 제대로 대처하지 못한 건 분명한 실수였다.

지금 메르시오 백작이 몰고 온 마차에 타고 있는 건 유약한 하밀 국왕이 아니다. 마음만 먹으면 칼리오스 공작성을 무너뜨릴 단리명이었다.

"물러나라. 내가 알아서 하겠다."

로데우스가 보란듯이 앞으로 나섰다. 그러자 수비대장이 배에 잔뜩 힘을 주며 소리쳤다.

"누구신지는 몰라도 그만 돌아가십시오. 날이 어두워 성문이 닫혔습니다!"

로데우스를 문제의 귀족쯤이라 여긴 수비대장의 어투는 한결 공손해졌다. 하지만 그의 표정만큼은 처음과 다름없이 사납기만 했다.

그것이 꾹 억누르고 있던 로데우스의 심기를 건드렸다.

"이놈이!"

발끈한 로데우스가 마병을 소환했다.

우우웅!

중간계로 나온 살루딘이 섬뜩한 울음을 흘려댔다.

"이놈! 다시 한 번 지껄여 봐라!"

노성과 함께 로데우스가 있는 힘껏 살루딘을 내질렀다. 그 순간!

콰지지직!

오랫동안 칼리오스 공작성을 보호해 온 성문이 요란스럽게 부서져 버렸다.

Chap.
42

그 정도로 날 막을 수 있다고 생각하느냐

1

어수룩한 저녁.

"아버님! 큰일 났습니다."

케이로스가 황급히 칼리오스 공작의 집무실 문을 열어젖혔다.

"무슨 호들갑이냐?"

문서들을 살피던 칼리오스 공작이 미간을 찌푸렸다.

"리먼 대공이 왔다고 합니다."

숨을 고르며 케이로스가 용건을 밝혔다.

"그래? 벌써 왔단 말이냐?"

칼리오스 공작의 안색이 살짝 굳어졌다. 리먼 대공이 이곳을 향해 오고 있다는 소식은 들었지만 이토록 빨리 도착할 줄은 몰랐다.

"그런데 큰일이라니?"

칼리오스 공작이 눈을 들었다. 협상이 결렬됐다면 모를까 초대에 응하겠다고 한 이상 리먼 대공 일행의 방문이 새삼스러울 건 없었다.

아니나 다를까.

"저 그게… 아무래도 성문 쪽에서 문제가 생긴 모양입니다."

"문제라니? 설마…… 무례를 범한 것이냐?"

"죄송합니다. 제가 미처 수비대장에게 언질을 주지 못했습니다."

케이로스가 무겁게 고개를 떨어뜨렸다.

빨라도 이틀 뒤에야 도착할 것이라 여겼던 리먼 대공이 오늘, 그것도 하필 날이 어두워서야 공작성에 들이닥칠 줄은 그 역시도 예상치 못한 일이었다.

"됐다. 저들이 서둘러 도착한 것일 뿐 네가 자책할 일은 아니지."

칼리오스 공작이 괘념치 말라며 고개를 흔들었다.

실제 아르젤의 요청으로 단리명의 전략 전술 강론은 잿빛 기사들에게까지 이어졌다. 덕분에 단리명을 태운 마차는 공작성의 직전 영지인 뷔셀 영지를 지날 때 이틀 정도의 일정이 늦어진 상황이었다.

칼리오스 공작과 케이로스는 단리명 일행이 여유를 부리는 것이라 여겼다. 당연히 그들의 움직임에 맞춰 도착할 날짜를 예측할 수밖에 없었다.

하지만 단리명은 처음에 계획했던 열흘 이상의 시간을 허비할 마음이 없었다.

결국 잠자는 시간까지 줄이며 이틀간 강행군을 한 단리명 일행은 예정대로 공작성에 도착해 버렸다.

그런 행군을 예상하지 못한 칼리오스 공작 입장에서는 확실히 당혹스러울 수밖에 없었다.

"그래, 정확하게 무슨 일이 벌어진 것이냐?"

칼리오스 공작이 무겁게 한숨을 내쉬었다.

"수비대장이 리먼 대공의 마차를 알아보지 못하고 시비를 걸었다고 합니다."

케이로스가 고개를 숙인 채로 대답했다.

"그래서 어찌 되었느냐?"

어느 정도 상황이 짐작되는 듯 칼리오스 공작의 표정이 더욱 굳어졌다.

"그것이… 리먼 대공과 함께 온 로데우스 후작이 성문을……."

"성문을 어쨌다는 것이냐."

"……박살냈다고 합니다."

케이로스가 질끈 입술을 깨물었다.

"허, 허허."

적잖게 충격을 받은 듯 칼리오스 공작도 그저 헛웃음을 흘려댔다.

성문은 칼리오스 공작가의 자존심이다. 비록 수비대장이 무례를 저질렀다 할지라도 힘으로 열려고 하는 건 예의에 어긋나는 짓이다.

그럼에도 불구하고 아예 성문을 박살 내 버렸다니. 이건 대놓고 도발하는 것이나 다를 바 없었다.

"그들은 어디 있느냐."

낮게 깔린 칼리오스 공작의 목소리에 한 가득 분노가 어렸다.

"총관이 나서서 별궁으로 안내했습니다."

케이로스가 자신도 모르게 몸을 움츠렸다.

사적으로 부자지간이긴 하지만 칼리오스 공작의 분노는 언제나 두렵기만 했다.

"어리석은 녀석! 공작가를 욕보인 자들에게 귀빈 대접을 했단 말이냐!"

어지간해서는 감정을 드러내지 않는 칼리오스 공작이지만 이번만큼은 흥분을 감추지 못했다.

그는 이 모든 게 단리명의 간계라고 생각했다. 일부러 일정을 조정해 수비대장을 몰아붙인 뒤 자신들을 모욕하려는 것이라 여겼다.

하지만 단리명은 어쭙잖은 간계를 이용해 심리적인 우위에 서려는 자들을 가장 경멸해 왔다. 게다가 내키지 않는 간계까지 이용할 만큼 칼리오스 공작을 대단한 상대로 여기지도 않았다.

무엇보다 칼리오스 공작의 분노가 단리명에게는 통용되지 않았다.

"귀빈 대접이라… 문지기를 이용해 손님에게 모욕을 주는 게 네놈들의 대접이더냐!"

정체불명의 목소리가 방 안을 쩌렁하게 울렸다.

뒤이어 사납게 밀려드는 압력이 칼리오스 공작의 집무실 문을 그대로 박살 내 버렸다.

파앗!

산산이 조각난 파편 사이로 목소리의 주인이 모습을 드러냈다.

"그대는……!"

순간 칼리오스 공작의 표정이 하얗게 질려 버렸다.

검은 머리카락. 싸늘한 표정. 오만한 눈빛.

다름 아닌 리먼 대공이었다.

"네놈은 누구냐!"

단리명을 본 적이 없는 케이로스가 다급히 칼리오스 공작의 앞을 가로막았다.

널리 알려지진 않았지만 그의 실력은 칼리오스 공작 진영 내에서도 손에 꼽힐 정도였다. 대륙에서는 이미 사라지고 없다는 상급의 정령사로서 어느새 마나를 끌어 올려 정령을 소환할 준비를 마쳤다.

쿠르르릉!

케이로스가 불러내려는 건 자신과 상성이 잘 맞는 물의 고위정령 아퀴넬. 그녀라면 오만한 침입자를 단숨에 뭉개 버릴 것이라 여겼다.

그러나 애석하게도 고위정령 아퀴넬은 단리명의 얼굴조차 구경하지 못했다.

"흥! 어디서 잔재주를 부리려는 것이냐!"

공간의 일그러짐을 확인한 단리명이 재빨리 천마지존강기를 끌어 올렸다.

후아아앗!

거대한 칼날처럼 뻗어 나간 천마지존강기가 그대로 정령계와의 통로를 베어 버렸다.

끼아아아!

막 중간계로 현신하려던 고위정령 아퀴넬이 비명과 함께 정령계로 역소환되었다.

"쿨럭!"

고위정령 아퀴넬과 마나를 공유했던 케이로스도 한 가득 피를 내뱉었다.

"어, 어찌……!"

힘겹게 고통을 억누른 케이로스가 믿을 수 없다는 눈으로 단리명을 노려보았다.

"흥! 이것도 환영 인사에 포함되는 것이더냐!"

단리명의 조롱 어린 시선이 케이로스를 지나 칼리오스 공작에게 향했다.

"케이로스, 그만 물러서라. 네가 상대할 수 있는 자가 아니다."

눈앞에서 단리명의 능력을 실감한 칼리오스 공작이 이를 악물었다.

하지만 아직까지도 케이로스는 상대가 리먼 대공이란 사실을 눈치채지 못했다.

"아, 아버님!"

케이로스가 돌연 당황스런 눈빛으로 칼리오스 공작을 바라보았다.

비록 부친의 기대를 충족시키진 못했다 할지라도 개인적인 실력만큼은 부족하지 않다고 여겼다.

칼리오스 공작가를 우습게 여긴 침입자를 눈앞에 두고 몸을 사릴 만큼 겁쟁이는 더더욱 아니었다.

"여기는 제가 맡겠습니다!"

마치 자신의 능력을 입증해 보이겠다는 듯 케이로스가 주먹을 불끈 쥐었다.

쿠르르릉!

케이로스의 마나에 정령이 반응한 듯 차원의 일그러짐이 시작되었다.

　케이로스가 이번에 불러내려는 건 바람의 고위정령인 카느쉬. 비록 물의 고위정령인 아퀴넬만큼 상성이 맞진 않았지만 카느쉬라면 자신의 분노 어린 의지를 대신해 줄 것이라 생각했다.

　하지만 카느쉬 역시 중간계로 소환되지조차 못했다.

　"어리석구나. 감히 내게 그딴 잔재주가 통할 것이라고 생각하는 것이냐?"

　단리명이 천마지존강기를 움직이자 또다시 정령계와의 통로가 찢겨 버렸다.

　"커억!"

　케이로스의 입에서 자지러지는 비명이 터져 나왔다. 이번에는 충격이 꽤나 심한 듯 그 자리에서 엉덩방아까지 찧어 버렸다.

　"어, 어떻게……!"

　경악 어린 케이로스의 시선이 단리명에게 향했다.

　조금 전 침입자가 물의 고위정령 아퀴넬을 역소환시킨 건 운이 좋았던 것뿐이라고 생각했다. 자신이 상대를 경시하고 무방비 상태로 정령을 소환한 덕분에 방해를 받은 것이라고 여겼다.

　케이로스는 만에 하나 있을지 모를 침입자의 방해를 대비해 일부러 뒤쪽에 차원의 문이 열리도록 했다. 그럼에도 불구하고 정령은 또다시 역소환되었다는 건 상대의 힘이 공간을 장악하고 있다는 의미. 다시 말해 자신의 능력을 한참이나 뛰어넘었다는 뜻이다.

"아직도 모르겠느냐? 그가 바로 리먼 대공이다!"

바들거리는 케이로스의 앞을 가로막으며 칼리오스 공작이 짓씹듯 소리쳤다.

"리, 리먼 대공!"

비로소 단리명의 정체를 알아챈 케이로스의 입에서 비명이 터졌다. 하지만 애석하게도 단리명은 더 이상 그를 바라봐 주지 않았다.

"자식에 이어 이번엔 아비의 대접을 받을 차례인가?"

단리명이 비웃듯이 말했다.

"흥! 손님의 예의조차 모르는 자들에게 대접이 가당키나 한 말인가!"

칼리오스 공작이 지지 않고 맞받아쳤다.

"기세등등이군. 하기야 새끼를 등에 진 맹수들은 본디 날카로운 법이지."

단리명의 입가가 더욱 비릿해졌다.

"오만이 화를 부르는 법이지."

칼리오스 공작도 잔뜩 마나를 끌어 올렸다.

팟! 파밧!

허공에서 강렬한 마찰음이 터져 나왔다. 보이지 않는 둘의 신경전이 시작된 것이다.

협상의 분위기는 깨져 버린 지 오래였다. 이제 남은 것은 정면 승부뿐이다.

하지만 칼리오스 공작의 집무실은 둘의 의지를 감당하기에 부족해 보였다.

"이곳에서 할 텐가?"

칼리오스 공작이 단리명을 노려 보았다.

"장소를 옮기고 싶다면 마음대로 해라."

단리명이 흔쾌히 고개를 끄덕였다.

2

단리명과 칼리오스 공작은 지하 연무장으로 향했다.

처음 공작성을 지을 때부터 자리잡고 있던 지하 연무장은 어지간한 충격에는 끄덕도 하지 않을 만큼 튼튼했다. 게다가 밖으로 소음이 새지도 않았다.

"시작하지."

적당히 자리를 잡은 칼리오스 공작이 다시 마나를 끌어 올렸다.

"마음대로."

단리명도 빠져 나오고 싶어 발버둥을 치는 천마지존강기를 놓아 주었다.

마주 선 두 사람의 주변으로 서로 다른 성질의 기운이 흘러

나왔다.

쿠르르릉!

칼리오스 공작의 마나는 묵직했다.

본디 정령술에 필요한 마나는 마법사의 마나보다도 깨끗하고 단단해야 했다. 밀집도가 다르다 보니 무게감 또한 상당했다.

그에 비하면 단리명의 몸을 타고 넘실거리는 천마지존강기는 가볍고 나약해 보였다.

하지만 그것도 잠시.

"흥!"

단리명이 콧방귀를 뀌자 천마지존강기의 성질이 달라져 버렸다.

천마지존강기가 가벼워진 건 단리명이 정령술을 마법과 비슷한 것이라 오해했기 때문이다. 마법의 가볍고 극단적인 마나를 차단하기 위해 일부러 천마지존강기를 넓게 퍼뜨린 것이다.

그러나 상대가 정면 대결을 선택한다면 굳이 천마지존강기를 변형시킬 이유가 없었다.

"정공을 익힌 모양이다만 그 정도로는 어림도 없다."

쿠아아앗!

단리명의 의지에 따라 뭉쳐진 천마지존강기가 순식간에 묵직하게 바뀌었다.

천마지존강기는 천마신교 최강의 마공. 특히나 묵직함과 패도적인 기세는 무림의 전 무학을 따져 보아도 최고라 평가되었다.

비록 칼리오스 공작의 마나가 마법사들을 압도한다고 하지만 천마신교에서 계승, 발전시켜 온 완성된 마나인 천마지존강기를 당해 내긴 어려웠다.

"말로 떠들 셈이냐!"

단리명의 기세가 달라지자 칼리오스 공작이 먼저 달려들었다.

후아앗!

칼리오스 공작의 마나가 겁도 없이 천마지존강기에게 달려들었다. 천마지존강기가 더욱 단단해지기 전에 빈틈을 파고들려 했다.

체내의 마나를 외부로 끌어내어 구체화시키는 건 마스터급 기사들에게나 가능한 일이다. 게다가 그것을 마나 쇼크와 같은 형태로까지 발전시키기 위해서는 적어도 마에스트로급의 능력이 필요했다.

그렇다는 건 칼리오스 공작의 본 실력이 마에스트로에 버금간다는 의미.

만약 상대가 단리명이 아니었다면 아마 다급성을 내지르며 몸을 피했을 것이다.

그만큼 대륙에서 마에스트로를 적으로 두는 건 자살행위나 마찬가지였다.

하지만 단리명은 눈 하나 깜빡하지 않았다. 오히려 싸워 볼

만한 상대를 만나기라도 한 것처럼 한껏 입가를 비틀어 올렸다.

"흥! 고작 그 정도냐?"

단리명이 가소롭다는 듯 손을 내저었다.

파아앗!

거대한 벽처럼 솟아 오른 천마지존강기가 칼리오스 공작의 마나를 그대로 튕겨 냈다.

"큭!"

칼리오스 공작의 입에서 신음이 터져 나왔다.

내색하진 않았지만 전력을 다한 공격이었다. 그것을 이토록 허무하게 막아 내다니.

단리명이 강하다는 걸 알았지만 이 정도일 줄은 생각지 못했다.

본디 칼리오스 공작은 단리명을 초청해 공작가의 미래를 건 협상을 할 생각이었다.

쉽지는 않겠지만 무작정 피를 보는 것보다 대화로 타협의 여지를 만드는 편이 백번 나은 일이다.

칼리오스 공작의 요구 사항은 다름 아닌 분리 독립.

칼리오스 공작 세력에 포함된 영지의 절반을 하밀 왕국에 반환하는 대신 남은 영지와 독립을 보장해 달라고 요청할 생각이었다.

물론 요구 사항이 받아들여질 거란 확신은 없었다. 가능성 자체도 낮게 보았다.

그럴 경우 자신의 힘으로 리먼 대공을 제압할 셈이었다.

리먼 대공이 강하다는 건 알지만 자신의 숨겨진 힘을 발휘한다면 반전의 기회 정도는 충분히 마련할 수 있을 것이라 생각했다.

그러나 그 기회조차 허무하게 실패해 버린 이상 뾰족한 방법이 없었다.

틈틈이 검술을 익히고 있긴 하지만 발렌시아 공작은 커닝 바르카스 공작의 수준에 비할 바 못됐다. 마법 능력도 죽기 전에 8레벨을 이룬 티마르 공작과 비교하기 부끄러운 수준이었다.

정령술사로서 칼리오스 공작이 희망을 걸었던 건 마나를 유형화한 공격이었다. 그것마저 실패한 이상 이제 남은 건 직접 정령을 불러내는 일뿐이다.

'과연 통할 것인가.'

단리명을 향한 칼리오스 공작의 눈동자를 타고 망설임이 번졌다.

그것을 눈치챈 것일까.

"조금이라도 더 살고 싶다면 최선을 다하는 게 좋을 것이다."

단리명의 눈매가 싸늘하게 변했다.

산짐승도 죽음이 닥쳐 오면 죽기살기로 덤비게 마련이다. 하물며 자신을 눈앞에 두고 실력을 숨기려 하다니 결코 용납할 수 없었다.

'지금으로서는 이것뿐이다.'

단리명의 의지를 확인한 칼리오스 공작이 마지못해 정령을 소환했다.

쿠르르르릉!

거대한 울림과 함께 연무장의 공간이 쩍 하고 갈라졌다.

잠시 후, 차원의 틈 속에서 바람을 휘감은 정령이 모습을 드러냈다.

"맹약자여, 나를 불렀는가."

정령의 목소리는 담담했다. 그러나 그 속에 담긴 힘은 결코 가볍지가 않았다.

"프아네. 나를 대신해 저자를 쓰러뜨려 다오."

칼리오스 공작이 급격히 빠져나가는 마나를 붙들며 소리쳤다. 그 순간,

"맹약자의 뜻에 따르겠다."

번쩍!

감겼던 정령의 눈이 뜨였다.

3

후아아앙!

백색 투명한 머리카락을 사방으로 날리며 반라의 여인이 단리명을 노려 보았다.

바람의 정령, 프아네.

얼음 미녀를 연상시키는 그녀는 케이로스가 불러내려 했던 고위정령과는 차원이 다른, 정령계의 일부를 다스리는 대정령이었다.

대정령 셋의 힘을 합치면 오직 태고룡에 접어든 위대한 존재만이 불러낼 수 있다고 알려진 정령왕에 버금간다고 알려져 있었다.

그만큼 대정령의 힘은 상당했다. 최소한 반고룡이 되어야만 겨우 감당할 수 있었다.

"……!"

"이것은!"

실제 멀리 떨어진 곳에서 대정령의 기운을 느낀 하이베크와 로데우스는 당혹감을 금치 못했다. 인간들 중에서 감히 대정령을 불러낼 만한 자가 있을 것이라고는 미처 생각지 못한 것이다.

대정령과의 계약은 드래곤들에게도 쉽지 않은 일이었다. 게다가 그들을 불러내는 데 필요한 마나량도 결코 만만치 않았다.

그런 대정령을 고작 백 년도 살지 못하는 인간이 감당하기란 불가능에 가까운 일이었다.

하지만 칼리오스 공작이 소환해 낸 대정령은 드래곤들이 소환한 대정령과는 많은 차이가 있었다.

"크으으윽!"

순식간에 바닥을 보이는 마나 홀을 쥐어짜 내며 칼리오스 공작이 이를 악물었다. 대정령을 소환한 순간부터 그의 얼굴은 하얗게 질려 있었다.

축적된 마나량 자체가 다르다 보니 대정령을 부리는 데 한계가 컸다. 대정령이 발휘할 수 있는 힘도 드래곤을 맹약자로 둘 때보다 줄어들어 있었다.

그렇다 할지라도 대정령은 대정령이다. 역소환을 각오하고 강력한 공격을 날린다면 설사 상대가 드래곤이라 할지라도 큰 충격을 줄 수 있었다.

칼리오스 공작의 노림수는 그것이었다. 하지만 정작 프아네는 좀처럼 움직이지 않았다.

"크으윽! 프아네! 시간이 없다!"

마나 고갈에 의해 심장이 아려 오기 시작하자 칼리오스 공작이 악을 내질렀다.

이제 버틸 수 있는 건 십여 분이 한계였다. 그 안에 프아네가 단리명을 공격하지 못하면 자신이 먼저 탈진해 쓰러지고 말 것이다.

칼리오스 공작의 다급함이 마나를 타고 프아네에게 전해졌다. 그녀 또한 오랜 친구를 고통스럽게 하면서까지 시간을 끌고 싶지 않았다.

하지만 그녀로서도 어쩔 도리가 없었다.

단리명의 머리 위로 뻗어 오른 저 강력한 기운은 자신이라 할지라도 섣불리 달려들기가 어려웠다.

'낯설면서도 어딘지 모르게 낯익은 힘이다. 대정령일까? 아니면 정령왕?'

확신할 수 없지만 상대가 지니고 있는 힘은 정령의 힘이 분명했다.

비록 그녀가 대정령이라 할지라도 정령왕 급의 정령을 상대로 싸워 이길 수는 없는 일이었다.

정령끼리 부딪치면 강한 정령에게 약한 정령이 집어삼켜지는 게 정령계의 규칙. 단순히 역소환으로 끝날 일이라면 맹약자와의 약속을 지키겠지만 최악의 경우 소멸까지 감당해야만 했다.

소멸이냐, 아니면 약속이냐.

프아네의 고심이 길어질수록 공급되는 힘은 약해져 갔다. 반면 상대의 머리 위로 뻗어오른 힘은 더욱 사납고 날카롭게 보였다.

"맹약자여, 날 정령계로 돌려 보내다오."

결국 프아네가 한 발 뒤로 물러났다.

칼리오스 공작에게는 미안한 일이지만 인간들의 사소한 싸움에 목숨을 걸 수는 없는 일이었다.

Chap.
43

혼란스러워하는 단리명

1

미안하다, 맹약자여. 하지만 그는 내가 감당할 수 있는 자가
아니다.

눈을 부릅뜬 칼리오스 공작의 귓가를 타고 프아네의 목소리
가 울렸다.
"그게… 무슨……!"
충격을 받은 듯 칼리오스 공작이 말을 잇지 못했다. 하지만
대답을 해 주어야 할 프아네는 이미 정령계로 사라진 지 오래
였다.
후아아아.
들끓던 마나들이 점차 진정되었다. 바닥까지 보이던 마나들

도 다시 마나 홀 속으로 빨려들기 시작했다.

하지만 정작 칼리오스 공작의 표정은 조금 전보다 더욱 나빠져 있었다.

정령은 순수하다. 순수한 만큼 약속을 소중히 여긴다.

목숨과 관련된 일이 아니라면 맹약자의 청을 거절하는 법이 없다.

그럼에도 불구하고 바람의 대정령 프아네는 도망치듯 정령계로 되돌아가 버렸다. 그것도 제대로 된 이유조차 말하지 않은 채.

그나마 프아네가 남긴 말을 통해 유추할 수 있는 건 리먼 대공이 정령을 소멸시킬 수 있는 힘을 가지고 있다는 것뿐이다.

'졌구나.'

칼리오스 공작은 힘이 빠졌다. 이렇게 될지 모른다고 예상은 했지만 그것이 현실이 되자 감당하지 못할 참담함이 밀려들었다.

허탈한 건 단리명도 마찬가지였다.

"고작 그것이 전부였느냐."

겁도 없이 자신을 위협하던 거대한 신령(?)이 그대로 사라지자 맥이 빠져 버렸다.

"칼리오스 공작!"

단리명이 다시 덤벼 보라며 노성을 터뜨렸다. 칼리오스 공작과의 싸움을 이토록 싱겁게 끝내려고 여기까지 온 게 아니었다.

하지만 대정령마저 도망친 이상 칼리오스 공작도 더는 방법이 없었다.

"내 목숨으로 끝내 주시오."

칼리오스 공작이 체념하듯 단리명 앞에 무릎을 꿇었다.

승패가 명확해진 이상 더 이상의 저항은 무의미했다. 그저 승자로서 관용을 베풀어 칼리오스 공작가와 그에 속한 이들을 용서해 주길 바랄 뿐이었다.

그러나 단리명에게 부탁할 수 있는 건 사내답게 살아온 자들 뿐이다.

단리명의 눈에 비친 칼리오스 공작은 비겁하기 짝이 없었다. 더없이 가벼워진 그의 목숨으로는 유언을 남길 자격이 없었다.

"이놈! 헛소리 마라!"

단단히 화가 난 단리명이 수라마도를 뽑아 들었다.

후아아앙!

단리명만큼이나 곤두 선 수라마도가 날카로운 날을 번뜩였다.

단리명은 지금이라도 칼리오스 공작이 전력을 다해 덤벼들길 바랐다. 정말 모든 힘을 다 쥐어짜 내고도 패배한다면 그때는 그의 바람을 들어줄 생각이었다.

하지만 칼리오스 공작은 아예 눈을 질끈 감아 버렸다. 마치 더 이상의 반발이 단리명의 화를 살지도 모른다고 생각하는 것처럼.

그것이 단리명을 더욱 분노하게 만들었다.

"어리석은 놈!"

단리명이 거세게 수라마도를 내질렀다.

퍼어억!

천마지존강기가 어린 칼날이 그대로 칼리오스 공작의 가슴을 후려쳤다.

"커어억!"

칼리오스 공작이 비명을 내지르며 튕겨 나갔다.

그나마 도면으로 맞은 덕분에 목숨을 구하긴 했지만 상황은 좋지 않았다.

수라마도를 타고 침투한 천마지존강기 덕분에 칼리오스 공작의 마나가 엉망이 되어 버렸다. 이대로 다시 공격을 받는다면 아마 마나의 꼬임으로 인해 평생 폐인처럼 살아야 할지 모른다.

'잔혹하구나……'

칼리오스 공작이 터져 나오려는 핏물을 되삼켰다. 단리명에 대해 전혀 알지 못하는 그는 이 모든 걸 악랄한 성격의 발로처럼 느껴졌다.

하지만 단리명은 사내로서, 무인으로서 순수하게 분노하는 것뿐이었다.

"일어나라! 어서!"

단리명이 쓰러진 칼리오스 공작을 향해 걸음을 옮겼다.

쿵! 쿵!

요란한 발소리가 압박하듯 연무장을 울려 왔다.

칼리오스 공작은 다시 눈을 질끈 감았다. 단리명의 분노가 자신을 따르는 귀족들과 영지민들에게 미치지 않도록 자신이 모든 걸 감당할 생각이었다.

그러나 그런 고집이 단리명을 더욱 자극한다는 걸 생각지 못했다.

"일어나라. 그렇지 않으면 이 자리에서 네놈의 목을 베겠다!"

코앞까지 다가온 단리명이 사납게 으르렁거렸다.

"죽여라!"

칼리오스 공작이 힘겹게 의지를 내뱉었다.

"이놈!"

칼리오스 공작을 매섭게 노려보던 단리명이 이내 수라마도를 쳐올렸다.

쿠아아앗!

천마지존강기를 머금은 수라마도의 검면을 타고 아수라들이 꿈틀거렸다. 녀석들이 칼리오스 공작의 피를 원하듯 섬뜩한 아가리를 벌렸다.

그때였다.

"멈춰요!"

어디선가 들려온 뾰족한 외침이 단리명과 칼리오스 공작 사이로 끼어들었다.

2

"멈춰요!"

연무장을 한달음에 달려와 칼리오스 공작을 끌어안은 건 놀랍게도 여인이었다.

"레이첼 님!"

여인을 알아본 칼리오스 공작이 몸을 부르르 떨었다.

"괜찮아요, 공작. 내가 지켜 줄게요."

레이첼이란 이름의 여인이 겁도 없이 단리명에게 등을 돌렸다.

죽을지도 모르는 상황에서 칼리오스 공작을 위해 몸을 내던지는 건 아무나 할 수 있는 게 아니다. 죽음을 각오한 용기와 칼리오스 공작에 대한 애정이 없었다면 결코 불가능한 일이다.

그러나 단리명에게는 그 모습이 조금도 감동적으로 보이지 않았다.

"비켜라!"

단리명이 단호한 목소리로 소리쳤다. 계속해서 어쭙잖은 짓을 벌인다면 강제로라도 칼리오스 공작의 곁에서 떨어뜨려 놓을 생각이었다.

가끔 정파인들을 상대할 때면 이같이 인정에 호소하는 경우가 적지 않았다.

천마신교와 충돌이 벌어지면 정파인들은 목숨을 걸고 달려들다가도 막상 불리해지면 성인이라도 되는 것처럼 제 한 목숨을 담보로 물러서 줄 것을 요구했다. 그것이 받아들여지지 않으면 지금처럼 자식들이나 제자들이 달려와 울며불며 매달렸다.

물론 무림의 일이라고 해서 언제나 피를 볼 필요는 없다. 가끔은 서로 한 발씩 양보해서 분란을 없애고 공존하는 것도 나쁘지 않았다.

문제는 반대의 경우일 때다.

승자가 천마신교의 사람이고 패자가 정파인이면 사람들은 용서해야 한다고 말한다. 그것이 당연한 일인 것처럼 떠드는 이들도 있다.

그러나 승자와 패자가 뒤바뀌면 이야기가 달라진다. 마치 세상의 모든 마인들은 모조리 없애야 하는 것처럼 죽일 것을 요구한다.

마인들에게도 형제가 있고 가족이 있다. 가꾸고 지켜 온 것들이 있다.

그것들에 대한 용납은 이루어질까? 아니, 그런 경우는 극히 드물다.

강자로서 약자를 용서하고 배려해야 한다는 정의라면 단리명도 받아들일 용의가 있다.

그는 누가 뭐라고 해도 천하제일의 무림인. 그것이 정의라면 함부로 목숨을 거두지 않을 것이다.

하지만 정파인들에게만 통용되는 약은 규칙이라면 결코 지킬 마음이 없었다.

이번에도 마찬가지.

정파인들의 정형적인 모습을 보여 주는 칼리오스 공작에게 실망감만 더해질 뿐이었다.

"케이로스! 어서 레이첼 님을 모시고 가라! 어서!"

단리명의 분노가 전해지자 칼리오스 공작이 힘겹게 레이첼을 떼어 냈다.

자신을 친 할아버지처럼 위하는 레이첼의 마음은 충분히 알았다. 그러니 더욱 이런 자리에서 허무하게 죽게 놔둘 수가 없었다.

"레이첼 님, 이쪽으로 오십시오."

칼리오스 공작마저 패배했다는 사실에 얼이 빠져 있던 케이로스가 주섬주섬 다가왔다.

"레이첼 님."

케이로스가 조심스럽게 레이첼의 팔을 잡았다.

"싫어요! 난 할아버지와 함께 있을 거예요!"

레이첼이 매정하게 케이로스의 손을 뿌리쳤다.

단리명의 눈치를 살피며 케이로스가 몇 번이고 레이첼을 데려가려 했지만 소용 없었다. 그럴 때마다 레이첼은 발악하듯 버텼다.

영리한 그녀는 자신이 사라지면 칼리오스 공작이 죽게 된다는 사실을 잘 알고 있었다.

오랫동안 자신을 돌봐준 칼리오스 공작이 없다면 그녀에게도 세상을 살 의미가 없었다. 그럴 바에야 차라리 함께 죽는 편이 나았다.

"지금 뭣들 하는 것이냐!"

실랑이가 길어지자 단리명도 분을 참지 못했다.

"일어나라!"

단리명이 왼손을 뻗어 레이첼의 팔을 있는 힘껏 잡아 당겼다.

"아앗! 아파요!"

차마 뿌리칠 수 없는 고통을 견디지 못하고 레이첼이 악을 내질렀다.

그 과정에서 자연스럽게 퉁퉁 부은 레이첼의 얼굴이 드러났다.

"더 이상 방해했다간 용서하지 않겠다."

단리명의 매서운 시선이 레이첼에게 향했다.

하지만 그것도 잠시.

"당신, 나빠요!"

겁도 없이 자신에게 쏘아붙이는 레이첼의 모습에 단리명의 표정이 굳어 버리고 말았다.

3

단리명은 선천적으로 일을 흐지부지 끝내는 걸 싫어했다. 대결이든 내기든 시합이든 간에 확실하게 매듭짓는 걸 좋아했다.

그러나 가끔은 불가항력적인 일도 생기게 마련이다.

"할아버지, 정말 괜찮겠어요?"

칼리오스 공작을 부축하며 레이첼이 안쓰러운 목소리로 물었다.

"저는 이제 괜찮습니다. 그러니 그만 방으로 돌아가 계십시오."

칼리오스 공작이 어색하게 웃었다. 레이첼 덕분에 목숨을 구하긴 했지만 더 이상 그녀를 위험에 빠뜨리고 싶은 마음은 없었다.

"당신! 할아버지를 괴롭히지 않을 거죠?"

레이첼이 당돌한 눈으로 단리명을 노려보았다.

"알았다."

단리명이 무심한 척 고개를 끄덕였다.

"자, 레이첼 님."

케이로스가 먼저 레이첼을 끌고 연무장 밖으로 빠져나갔다.

잠시 후, 단리명과 칼리오스 공작도 문이 부서진 집무실로 되돌아왔다.

"술 한잔하시겠소?"

무너져 내린 가슴을 매만지며 칼리오스 공작이 씁쓸히 물었다.

"술은 됐다."

단리명이 고개를 흔들었다. 가뜩이나 술도 좋아하지 않지만 술기운을 빌어 진실을 말하려는 칼리오스 공작의 속내도 마음에 들지 않았다.

하지만 칼리오스 공작이 술기운을 빌리려던 건 진실을 밝히기 어려워서가 아니다. 그보다는 가슴을 억누르는 고통이 더 문제였다.

레이첼의 도움으로 기사회생하긴 했지만 가슴에 남은 천마지존강기는 여전했다. 오히려 약해진 틈을 노려 자꾸 심장으로 파고들려고 했다.

지금 당장 신관의 도움을 받아야 하는 상황이지만 단리명이 허락할 리 없을 터.

결국 지금의 부상은 평생토록 간직해야만 할 것 같았다. 그렇다면 잠시나마 고통이라도 덜고 싶은 게 솔직한 심정이었다.

"미안하지만 난 술을 마셔야겠소."

"안 된다."

"난 대공처럼 젊지 않소. 이 나이가 되면 작은 부상도 오래가는 법이오."

칼리오스 공작이 체면을 차리지 않고 솔직한 상태를 털어놓았다.

"그것 때문이냐?"

그제야 칼리오스 공작의 몸상태가 들어온 단리명의 의심이 한풀 꺾였다. 만일 부상 때문이라면 자신이 손을 써 줄 수도 있었다.

"잠시만 기다려라."

단리명이 오른손을 뻗어 칼리오스 공작의 부상 부위를 억눌렀다.

"으윽!"

칼리오스 공작이 자지러지는 신음을 흘렸다.

하지만 그것도 잠시, 천마지존강기가 모조리 빨려 나가자 갑갑하던 가슴이 시원해졌다.

"고, 고맙소."

칼리오스 공작은 새삼스러운 눈으로 단리명을 바라보았다.

처음 만났을 때는 오만하고 비열한 자라고 생각했다. 하지만 그런 첫인상이 왠지 자신의 아집에서 비롯되었을지 모른다는 생각이 들었다.

"이제 말하라."

칼리오스 공작의 안색이 밝아진 것을 확인한 단리명이 소파에 앉았다.

"원치 않은 이야기일지도 모르오."

칼리오스 공작이 넌지시 운을 뗐다.

"상관없다."

단리명이 가만히 눈을 감았다.

4

칼리오스 공작의 이야기는 꽤나 길었다. 그 안에 레이첼의 인생은 물론 자신과 칼리오스 공작가의 미래까지 걸려 있다 보니 조심스러울 수밖에 없었다.

다행히도 단리명은 모든 이야기를 빠짐없이 귀 기울여 들었다.

"그러니까 저 아이가 하르페 왕실의 마지막 후손이란 말인가."

이야기를 곱씹으며 단리명이 나직한 목소리를 냈다.

"믿지 못하겠지만 사실이오. 왕비를 구하기엔 늦었고 뒷일을 부탁하는 국왕의 부탁을 외면할 수도 없었소."

"그래서 아이만 데리고 몸을 숨겼다는 말인가."

"비겁하더라도 할 수 없었소. 당시 세 공작들은 욕심에 눈이 뒤집힌 상황이었소. 나 혼자서는… 그들을 감당하기가 어려웠소."

"흐음."

단리명은 가슴이 답답해졌다.

하르페 왕실의 재건을 위해서는 쓰러뜨려야 할 적이라고 여겼던 칼리오스 공작이 실은 숨은 충신이라고 한다. 다른 공작들 몰래 하르페 왕실의 핏줄을 보호하면서 때를 기다려 왔다고 한다.

그에게 군이 하밀 왕실을 배신하고 독립을 선언한 이유를 물을 필요는 없었다.

단리명이 레베카를 위해 검을 들었듯 칼리오스 공작은 레이첼을 지키기 위해 등을 돌린 것뿐이니까.

문제는 레베카와 레이첼, 둘 중에 누가 하르페 왕실의 핏줄인가 하는 점이다.

'칼리오스 공작의 말을 무조건 신뢰할 수는 없다. 그렇다고 레베카가 하르페 왕조의 후예라고 확신하기도 쉽지 않은 일이다.'

레베카에 대한 마음과는 별개로 혈통 문제의 진실은 당사자들만이 알고 있었다.

단리명의 입장에서는 레베카가 하르페의 후예든 아니든 크게 중요하진 않았다. 다만 하르페 왕국을 재건하겠다는 계획에 차질이 생기는 게 전부였다.

물론 칼리오스 공작의 말을 헛소리라고 치부할 수도 있었다. 하지만 레베카를 빼다 박은 레이첼의 모습은 단리명의 단단한 이성을 흔들리게 만들었다.

"칼리오스 공작."

"말씀하시오."

"레이첼이 하르페의 후예라는 사실이 확실한가?"

"물론이오. 내 목숨을 걸고 장담할 수 있소."

"레이첼을 죽은 왕비가 낳았다는 것도 사실인가?"

"물론이오. 죽어 가는 그녀의 몸에서 내 손으로 레이첼 님을 받았소."

칼리오스 공작은 하르페 왕실의 후예는 레이첼뿐이라고 확신했다. 그렇기 때문에 레베카가 새로운 왕녀가 된 것으로도 모자라 하밀 국왕의 양녀로 들어왔을 때 누구보다 분노하고 반발했다.

하지만 그의 확신도 단리명이 내놓은 그림 앞에서 깨지고 말았다.

"이걸 보라."

"이게 무엇이오?"

"레베카의 초상화다."

"레베카… 왕녀 말이오?"

무심코 초상화를 펼쳐 든 칼리오스 공작은 흠칫 놀랐다.

너무나 섬세하게 그려진 초상화의 주인은 레이첼과 너무나 똑같았다.

다른 이들이 보았다면 레이첼의 초상화일지 모른다며 의심했을 것이다.

그러나 칼리오스 공작은 달랐다. 레이첼이 스무 살을 앞둔 지금까지 칼리오스 공작가에 꽁꽁 숨겨 놓았던 건 다름 아닌 자신이니까.

게다가 레이첼과 그림 속 여인은 미세한 차이가 있었다.

레이첼은 아직까지 여인으로 보기에 무리가 있었다. 품에 넣고 보살펴야 할 소녀 같은 이미지가 강했다.

반면 그림 속의 여인은 더없이 성숙해 보였다. 마치 레이첼의 2, 3년 후를 보는 것 같았다.

"이, 이 그림이 정녕 레베카 왕녀의 그림이란 말입니까?"

"그렇다."

"그럼… 레베카 왕녀가 하르페의 후예라는 것도 사실입니까?"

"물론이다. 난 그렇게 알고 있다."

"……!"

또 다른 진실을 알게 된 칼리오스 공작의 눈빛이 격하게 요동을 쳤다.

지금껏 단리명이 가짜 왕녀를 내세워 왕국을 장악하려 하는 것이라 오해해 왔다. 비록 단리명에게 패해 죽더라도 떳떳하게 친구인 하르페의 국왕을 만날 수 있을 것이라고 위안해 왔다.

하지만 단리명은 레베카야말로 하르페 왕국의 후예라고 말한다.

도대체 무엇이 진실일까.

"레베카 왕녀의 신분을 어떻게 알게 되었소?"

"레베카의 양부모에게 들었다."

"양부모? 그분들에 대해 이야기해 줄 수 있소?"

"흐음."

"부탁이오. 레이첼 님의 인생이 달린 일이오."

무리인 줄 알면서도 칼리오스 공작이 단리명에게 고개를 숙였다.

레이첼을 향한 그의 진심이 느껴진 것일까.

"알았다."

잠시 망설이던 단리명이 옛 이야기를 꺼냈다.

5

'필시 드래곤이다.'

단리명의 이야기를 전해 들은 칼리오스 공작이 묵묵히 고개를 끄덕였다.

단리명이 만났다는 양부모는 드래곤일 확률이 높았다. 그렇지 않고서야 왕국이 무너지고 왕비가 쫓길 때의 상황을 자신보다 더 정확하게 설명할 수는 없었다.

덕분에 한 가지 의문이 풀렸다.

'하밀 국왕이 드래곤을 만났다고 하더니 그것이 거짓말이 아니었구나.'

대전 회의에서 하밀 국왕이 드래곤을 언급했을 때 칼리오스 공작은 속으로 코웃음을 쳤다.

만에 하나 드래곤이 이 사실을 안다면 필히 하밀 국왕을 응징할 것이라 여겼다. 솔직히 지금까지도 내심 드래곤이 나서

주길 기다리고 있었다.

하지만 드래곤은 왕국이 쪼개지고 두 명의 공작이 사라질 때까지 침묵했다. 그 이유를 단순히 인간들에 대한 증오로 여기고 안타까워했는데 실제는 레베카 왕녀 때문인 모양이었다.

'그렇다면 결국 레베카 왕녀는 하르페 왕실의 핏줄이 되고 마는군.'

칼리오스 공작은 입맛이 썼다. 드래곤과 연루된 이상 레베카가 하르페 왕실의 후예라는 사실을 부인하거나 의심할 수 없었다.

그렇다고 하르페 국왕과의 약속을 저버리고 싶은 마음도 없었다.

레베카를 받아들이면서 레이첼에게 진정한 삶을 되찾아 줄 수 있는 방법.

그것이 아직 한 가지 남아 있었다.

"어쩌면……."

"어쩌면?"

"왕비께서 쌍둥이를 가지셨는지도 모릅니다."

"쌍둥이……?"

Chap. 44

누가 진짜 하르페의 핏줄인가

1

"쌍둥이라니."

칼리오스 공작이 의문을 제기했을 때 단리명의 표정은 단호한 부정이었다. 하지만 시간이 지날수록 그 확고함은 빠르게 누그러져갔다.

"나는 왕비께서 레이첼 님을 낳기가 무섭게 품에 안고 곧바로 그 자리를 떠났소. 그렇다 보니 이후의 일에 대해서는 알지 못하오."

"흐음."

"하지만 하이아시스라는 분은 분명 왕비의 최후를 목격하셨다고 했소. 어쩌면 내가 떠난 이후 왕비께서 두 번째 아이를 낳으신 건지도 모를 일이 아니오."

칼리오스 공작은 제법 진지한 목소리로 단리명을 설득해 나갔다.

실제로 레이첼이 하르페 왕실의 후손이라는 그의 믿음은 단리명의 믿음보다 훨씬 굳건했다. 단리명처럼 타인에게 들은 게 아니라 직접 겪은 일이다보니 시간이 지날수록 더욱 단단해졌다.

만일 이번 일에 드래곤이 개입되어 있지 않았다면 칼리오스 공작은 끝까지 레이첼만이 유일한 하르페 왕실의 후예라고 주장했을 것이다.

그러나 드래곤이 배후에 있다는 사실을 알게 된 지금은 생각을 달리할 수밖에 없었다.

칼리오스 공작은 드래곤들이 만들어 놓은 진실을 조금도 건드리지 않았다. 그 자체를 인정하되 레이첼이 하르페의 후손이 될 수 있는 방법을 선택했다.

비록 20년간 지켜 온 긍지를 저버리는 일이었지만 어쩔 수 없었다. 어쩌면 실제로 왕비가 쌍둥이를 낳았을지도 모를 일이었다.

칼리오스 공작은 상황을 긍정적으로 보았다. 잘만 하면 적이라 여겼던 단리명은 물론 드래곤들의 지지까지 받을 수 있을지 모른다고 생각했다.

사실 지금 상황에서 칼리오스 공작가의 힘만으로 하르페 왕실을 다시 일으키는 건 어려웠다.

일이야 어쨌든 대부분의 백성들이 4대 공작을 배신자로 여기고 있었다. 자신이 뒤늦게 나서서 진실을 밝힌다 해도 레베카 왕녀가 존재하는 한 쉽게 믿으려 하지 않을 게 뻔한 일이었다.

무엇보다 드래곤의 비호와 리먼 대공의 도움을 받는 레베카 왕녀의 자리를 빼앗는 것 자체가 불가능에 가까운 일이 되어 버렸다.

칼리오스 대공이 리먼 대공을 능가할 만한 힘을 갖췄다 할지라도 드래곤의 존재를 알게 된다면 몸을 사렸을 것이다. 하물며 리먼 대공조차 감당하지 못하는 지금 진실에 목을 메는 건 어리석은 짓이었다.

그보다는 드래곤들이 만들어 놓은 각본 속에 레이첼을 끼워 넣는 게 더 이로워 보였다.

한편으로 칼리오스 공작은 눈치가 빨랐다. 단리명의 설명을 통해 그가 드래곤들의 정체를 눈치채지 못했다는 사실을 금세 알아냈다.

어쩌면 드래곤들이 오만한 공작들을 징벌하기 위해 단리명을 내세웠을지도 모르는 일.

레이첼을 살리기 위해선 일단 자신이 살아야 했다. 그가 살기 위해서는 단리명을 인정하고 그와 관련된 모든 것을 받아들여야 했다.

"공작, 어째서 그대는 하르페의 후예가 둘이라고 확신하는

가."

칼리오스 공작의 말에 마음이 흔들린 단리명이 단도직입적
으로 물었다.

"처음에는 나 역시도 확신하기가 어려웠소. 아니, 솔직히
말해 하르페 왕실의 후예는 오직 레이첼 님뿐이라고 생각해
왔오."

"하지만 지금은 달라졌단 말인가."

"그렇소."

"이유가 무엇인가."

"간단하오. 첫째로 당시의 정황이 내 기억과 일치하오. 둘
째로 레이첼 님과 레베카 왕녀를 그린 그림은 놀랍도록 흡사
하오. 마지막으로 레베카 왕녀는 위대한 존재들에게 인정을
받았소."

칼리오스 공작이 세 가지 이유를 들어 자신의 주장을 입증
했다.

첫째로 내세운 이유에 대해서는 단리명도 충분히 공감하고
있었다.

단리명은 지금까지 누구에게도 하이아시스로부터 들은 일
을 함부로 전하지 않았다. 심지어 레베카조차 자신이 어떻게
태어났는지 모르고 있었다.

그때의 일을 칼리오스 공작은 놀랍도록 상세하게 알고 있었
다. 하이아시스가 전해 준 이야기와 어긋나는 게 단 하나도 없

었다.

칼리오스 공작이 하이아시스로부터 똑같은 이야기를 전해 듣지 않았다면 결국 일을 겪은 당사자일 터. 그 사실만으로 레이첼이 하르페 왕실의 후손일 수 있다는 의심을 가질 만했다.

두 번째 이유도 딱히 반박할 수 없었다.

단리명이 섭렵해 온 책들 중 쌍둥이는 외형이 닮는다는 구절이 있었다. 특별한 쌍둥이들은 어려서 헤어져도 수십 년이 지나 다시 만나 보니 생김새가 매우 흡사했더라는 기록도 남아 있었다.

실제로 천마신교에서도 유명한 형제 장로 흑창과 암창은 생김새는 물론 체격까지 빼다 박은 쌍둥이다. 그들은 천마신교에 입교하기 위한 수련으로 7살 때 생이별했지만 20살이 되어 다시 만났을 때에는 가족조차 구별하기 어려울 만큼 닮아 있었다고 했다.

그러나 처한 환경이 다르다 보니 성격은 판이하게 달라져 있었다.

어렸을 때는 둘 다 호기심이 많고 활달했지만 그 성격을 이어간 것은 흑창뿐이었다.

수련동에 들어갔다가 기관진식을 잘못 건드려 죽을 뻔한 일이 있은 후로 암창은 생각이 깊어지고 말수가 줄어들었다.

어쩌면 레베카와 레이첼도 그러한 경우일지 몰랐다. 게다가 레이첼은 성숙한 레베카와는 달리 조금 어린애 같은 모습을 보였다.

그러한 점이 오히려 쌍둥이일지 모른다는 신빙성을 높여 주었다.

기억의 공통점과 외형의 닮음.

이 두 가지만 놓고 봤을 때 칼리오스 공작의 말은 충분히 그럴듯해 보였다.

'어쩌면 정말 쌍둥이일지도 모를 일이다.'

단리명은 이내 고개를 끄덕였다.

드래곤이라는 존재야 어차피 하밀의 백성들이 믿는 신화적인 존재일 터. 그것이야 충분히 조작이 가능한 일이라고 여겼다.

반면 앞선 두 가지 이유는 어지간한 조작으로는 의심을 사기 좋았다. 노회한 칼리오스 공작이 그 사실을 모를 리 없었다.

단리명은 일단 칼리오스 공작의 주장을 사실로 받아들였다. 대신 하이아시스가 또 다른 아이의 존재를 전혀 언급하지 않았다는 점을 의심했다.

"레이첼은 출생에 대한 비밀을 알고 있는가?"

"아직 모르오."

"그대 외에 다른 사람은?"

"아무도 알지 못하오. 믿지 않을지 모르겠지만 케이로스에게조차 입을 다물었소."

칼리오스 공작은 지금껏 누구에게도 진실을 밝히지 않았다고 항변했다.

그의 말이 거짓말 같지는 않았다. 실제 혹시 있을지 모를 하르페의 후예를 찾기 위해 다른 공작들이 눈에 불을 켜는 상황에서 레이첼을 지금껏 보호해 왔다는 것 만으로도 충분히 증명이 되었다.

"흐음."

단리명은 일단 의심을 거두어들였다. 칼리오스 공작과 하이아시스, 둘이 알고 있는 진실이 별개의 것이라는 것을 어렵게 받아들였다.

생각해 보면 그렇게까지 나쁜 일도 아니었다.

'하 매에게 형제가 있었다니… 하 매가 좋아하겠군.'

레베카는 지금껏 의지할 피붙이 없이 혼자서 지내 왔다. 그녀에게 꼭 빼닮은 형제가 있다는 건 큰 선물이 될 수도 있었다.

물론 하르페 왕실의 계승 문제만큼은 양보할 생각이 추호도 없었다.

레베카가 하르페 왕실의 핏줄이 아니라면 아예 새로운 왕국을 세워 버릴 생각이었다. 그러나 칼리오스 공작은 레베카의 정통성을 추호도 의심할 수 없다며 몇 번이고 확인시켜 주었다.

결과적으로 하르페 왕실을 이을 적임자가 둘이 되었지만 상관없었다.

쌍둥이라면 서로 우열을 정하기도 어렵다. 그렇다면 먼저 나서서 인정을 받은 레베카에게 우선권을 주는 게 당연한 이 치였다.

게다가 4대 공작의 횡포에 맞서 하르페 왕실의 재건에 나선 건 다름 아닌 자신이다.

물론 칼리오스 공작의 충정은 충분히 높이 살 만했다. 하지 만 4대 공작의 눈치만 보다 나설 기회를 놓친 건 분명 그의 잘 못이었다.

"레이첼의 일은 하밀 국왕과 상의하겠다."

단리명이 단호하게 말했다.

"그렇게 하는 게 좋겠소."

칼리오스 공작도 쓸데없이 고집을 부리지 않았다.

레이첼을 왕실의 일원으로 받아들이는 일은 확실히 하밀 국 왕에게 맡기는 편이 나았다. 군이 단리명에게 애걸복걸할 필 요는 없었다.

그보다는 단리명의 주위에 있는 드래곤들에게 도움을 청하 는 편이 나았다.

'내 기억이 틀리지 않다면 하이아시스는 드래곤 로드의 이 름이다. 그렇다면 리먼 대공과 함께 하고 있는 두 후작을 의심 할 필요가 있다.'

하르페와 함께 한 네 명의 건국 영웅들 중 칼리오스는 엘프였다. 비록 인간 여인과 결합하여 공작가를 열었지만 엘프의 피는 달라지지 않았다.

대대로 엘프는 위대한 일족과 가까이 지내 왔다. 그렇다 보니 고룡급 이상의 드래곤들의 이름 정도는 어렵지 않게 기억하고 있었다.

'하이베크와 로데우스라… 들어보지 못했으니 아마도 반고룡이겠지.'

하이베크와 로데우스의 이름이 낯설다는 건 고룡이 되지 않았다는 의미다. 그럼에도 유희를 나섰다는 건 고룡을 앞둔 반고룡들인 게 틀림없었다.

'레이첼 님의 일은 그들에게 부탁하면 될 일.'

칼리오스 공작은 일단 레이첼에 대한 조바심과 감정을 접었다. 지금은 칼리오스 공작가의 입장을 명확하게 하는 게 우선이었다.

일을 마무리 짓고 싶은 건 단리명도 마찬가지였다.

레이첼의 등장으로 인해 잠시 혼란스러워졌지만 당초 단리명이 칼리오스 공작가를 방문한 건 전쟁을 종결 짓기 위함이었다. 힘겨루기의 결과가 명확해진 만큼 싸움을 매듭지을 필요가 있었다.

"어떻게 하겠는가."

분위기가 얼추 무르익자 단리명이 입을 열었다.

"항복하겠소."

칼리오스 공작이 망설임 없이 고개를 숙였다.

"패배를 시인하는 것인가. 아니면 다시 하밀 왕국의 신하가 되겠다는 것인가."

단리명이 재차 물었다.

조금 전의 대결을 전쟁의 전초전쯤으로 여긴다면 단리명에게 패배한 것이 된다. 반면 반역의 명분이 사라진 것에 조금 더 초점을 맞춘다면 하밀 왕국에 다시 종속되는 것으로 끝낼 수도 있었다.

전자의 경우 이후의 모든 결정권은 총사령관인 단리명에게 주어진다.

칼리오스 공작의 신념이야 어쨌든 단리명은 외지인. 최악의 경우 목숨을 잃게 될지도 몰랐다.

반면 후자일 경우 단리명은 칼리오스 공작에 대한 처벌권을 행사할 수 없었다.

칼리오스 공작이 반역을 철회하고 하밀 국왕의 신하로 돌아간다면 그를 처벌할 수 있는 건 하밀 국왕뿐이다. 물론 단리명이 압력을 행사할 수도 있지만 작위의 강등이나 근신 정도로 마무리될 가능성도 높았다.

어느 쪽도 칼리오스 공작의 욕구를 충족시킬 수는 없었다. 하지만 하르페 왕조의 부활이라는 명분을 계승하려 한다면 선택은 하나 뿐이다.

"제가 패한 것은 하밀 왕국이 아니라 하르페 왕조의 뜻을 있는 대공 전하입니다."

"내가 어떤 처벌을 내려도 감내하겠다는 말인가."

"그렇습니다. 대공 전하."

단리명에게 미래를 맡기며 칼리오스 공작이 자연스럽게 공대를 시작했다.

그렇다고 칼리오스 공작이 하밀 국왕으로부터 대공의 작위를 받은 단리명을 높이려는 건 아니었다. 그보다는 하르페 왕조를 부활시키기 위해 나선 단리명을 인정하고 따르겠다는 뜻이다.

"좋다. 그대에 대한 처분은 발렌시아 공작을 징벌한 후에 논하기로 하겠다."

단리명도 선선이 칼리오스 공작을 받아들였다. 바르카스 공작이나 티마르 공작처럼 목숨을 빼앗은 대신 실수를 만회할 수 있는 기회를 주었다.

다른 공작들과는 다른 이유로 하밀 왕국에 등을 돌린 이상 칼리오스 공작에 대한 대우는 달라질 수밖에 없었다. 아니, 레베카의 혈육을 은밀히 보호해 왔다는 것만 본다면 상찬을 해도 모자랄 정도였다.

그러나 그를 공작으로서 우대하는 건 다시 생각해 볼 문제였다.

처음 검을 뽑아 들었을 때 단리명은 4대 공작으로 대표되는 과거의 악업을 끊을 생각이었다. 오직 능력이 충분하고 하르페 왕실에 충성을 다하는 이들만을 레베카의 곁에 둘 계획이었다.

그 의지는 또 다른 하르페 왕실의 후예가 나타난 지금도 달라지지 않았다.

칼리오스 공작이 자신에게 인정받기 위해서는 그만한 능력을 보여야 했다. 조금 전처럼 제대로 싸우지도 못하고 포기하는 나약한 모습이 전부라면 결코 그 이름과 작위를 유지할 수가 없었다.

칼리오스 공작도 그 사실을 여실히 깨닫고 있었다.

'드래곤들과 경쟁해야 한다는 게 부담스럽지만 어쨌든 최선을 다해야 한다.'

자신이 어떤 활약을 펼치느냐에 따라서 레이첼의 입지가 달라질 것이다. 아울러 칼리오스 공작가의 미래까지 결정될 것이다.

칼리오스 공작에게는 선택의 여지가 없었다. 하르페 왕실이 한시라도 빨리 재건될 수 있도록 한 손 거들어야 했다.

오히려 오랫동안 감정적으로 대립해 온 발렌시아 공작이 상대인 게 다행스럽게 느껴졌다.

"맡겨만 주십시오."

칼리오스 공작이 고개를 숙였다.

"한번 믿어 보지."

단리명이 슬쩍 입가를 비틀어 올렸다.

2

다음 날 아침.

"레이첼 님. 드릴 말씀이 있습니다."

칼리오스 공작은 레이첼을 불러 그녀의 과거에 대해 말해 주었다.

"그, 그게 정말입니까?"

함께 이야기를 듣던 케이로스는 경악을 금치 못했다.

칼리오스 공작이 애지중지 하는 것으로 보아 범상치 않은 신분일 것이라 짐작은 했지만 하르페 왕실의 후예였다니. 벌어진 입이 다물어지질 않았다.

그러나 정작 당사자인 레이첼은 별달리 놀라는 기색이 아니었다.

"그랬군요."

레이첼이 묵묵히 고개를 끄덕였다. 마치 이런 날이 올 줄 짐작하고 있었던 모양이다.

조금 전까지만 해도 어리광을 부리던 레이첼의 얼굴에서는 더 이상 장난기를 찾아볼 수 없었다. 대신 왕녀로서의 근엄함이 번지기 시작했다.

'과연 하르페의 후손이란 말인가.'

비록 원치 않는 삶을 살아 왔지만 그녀는 하르페 왕실의 핏

줄이다. 누가 가르치지 않더라도 자연스럽게 왕족의 체면을
갖춰 나갔다.

그런 레이첼로 하여금 하르페 왕실을 부활시킬 수 없다는
사실이 칼리오스 공작은 안타깝기만 했다.

상대가 리먼 대공이 아니라면 어땠을까.

리먼 대공의 뒤에 위대한 존재들이 관련되어 있지만 않다면
어땠을까.

"죄송합니다, 레이첼 님."

칼리오스 공작이 무겁게 한숨을 내쉬었다. 이 모든 게 자신
이 부족해서 생긴 일 같았다.

하지만 레이첼은 칼리오스 공작을 눈곱만큼도 원망하지 않
았다.

"그런 말씀 마세요."

그녀는 자책하지 말라는 듯 칼리오스 공작을 위로했다. 솔
직히 말해 칼리오스 공작이 아니었다면 오늘 같은 날도 없었
을 것이다.

지금까지 자신을 위해 칼리오스 공작이 홀로 싸워 왔다는
걸 레이첼은 너무나 잘 알고 있었다.

이제 앞으로는 자신이 모두를 보호해 줄 생각이었다. 감히
그 누구도 칼리오스 공작과 칼리오스 공작가를 함부로 여기지
못하도록.

'그동안 절 보살펴 주셔서 고마워요. 이제는 제가 그 은혜

에 보답할 차례예요.'

레이첼이 칼리오스 공작을 향해 환한 웃음을 흘렸다.

그 때문일까.

아침 햇살을 머금은 그녀의 눈동자가 평소보다 더욱 반짝이는 듯했다.

3

칼리오스 공작님께서 리먼 대공에게 항복하셨다.

칼리오스 공작성을 떠난 소문이 사방으로 빠르게 퍼져 나갔다.

"그게 정말이야?"

"그럼… 이제 전쟁은 없는 거야?"

단리명의 방문에 잔뜩 긴장했던 영지민들은 안도하는 분위기였다.

차마 내색하지 않았지만 대부분의 영지민들이 단리명에 대한 두려움을 가지고 있었다.

세상 무서울 게 없는 것처럼 설치던 바르카스 공작은 힘 한 번 써 보지 못하고 목숨을 잃었다. 실력 면에서는 발렌시아 공작과 겨룰 만하다고 알려져 있던 티마르 공작조차 죽음을 면치 못했다.

4대 공작 중 이제 남은 것은 발렌시아 공작과 칼리오스 공작뿐.

솔직히 두 공작이 힘을 합친다 할지라도 리먼 대공을 막아 낼 것 같지가 않았다.

하물며 최근의 분위기는 더욱 나빴다.

칼리오스 공작은 무모하게도 단리명을 초청했다. 그 사실에 발끈한 발렌시아 공작은 일방적으로 양쪽의 통로를 차단해 버렸다.

"큰일이군."

"아마도 리먼 대공의 다음 목표가 칼리오스 공작님인 모양이야."

소문을 들은 영지민들은 조마조마했다. 순식간에 두 공작을 무너뜨린 리먼 대공의 대군이 칼리오스 공작성으로 몰려올까 봐 겁이 났다.

그러나 다행히도 불미스러운 일은 벌어지지 않았다. 오히려 칼리오스 공작의 발 빠른 입장 표명 덕분에 영지민들의 불안함은 빠르게 사라져 버렸다.

"그러니까 칼리오스 공작님께서 독립을 선언하신 게 하르페 왕실의 후예 때문이란 말야?"

"그렇다니까? 놀랍게도 칼리오스 공작님이 20년 동안 그분을 보호해 왔다고 하더라고."

"잠깐, 그러면 하밀 국왕이 인정한 레베카 왕녀는 어떻게

되는 거야?"

"그게… 나도 처음에는 의심스러웠는데 쌍둥이일지 모른다고 하더라고."

"쌍둥이?"

"그래, 쌍둥이. 공작가의 기사님이 그러는데 레베카 왕녀와 칼리오스 공작님께서 보호해 왔던 하르페의 후손이 꼭 닮았다고 하더라고."

"허, 그게 정말이야?"

"듣기로는 칼리오스 공작님조차 레베카 왕녀의 초상화를 보고 놀라셨다는데?"

"하기야 나이도 같고 생긴 것까지 똑같으면 쌍둥이인지도 모르지."

칼리오스 공작은 만약을 위해 소문을 자세하게 냈다.

영지민들이 칼리오스 공작가가 리먼 대공에게 무너졌다는 인식을 가지게 해서는 안 된다. 칼리오스 공작 세력의 안정화를 위해서라도 확실한 명분이 필요했다.

그것이 바로 또 다른 하르페 왕실의 후손인 레이첼.

칼리오스 공작은 혹시 모를 오해와 소문을 막기 위해 쌍둥이라는 사실까지 밝혔다.

덕분에 칼리오스 공작의 독립 선언은 실없는 짓이 되고 말았다.

"나 참. 그럼 지금까지 쌍둥이란 사실을 모르고 싸우려고 했단 말이야?"

"공작님도 어쩔 수 없었겠지."

"하기야 갑작스럽게 나타나서 하르페 왕실의 후손이라고 주장하면 당혹스러울 만도 하지."

영지민들은 칼리오스 공작의 실수로부터 비롯된 혼란들을 빠르게 털어 냈다.

불안함 때문에 잠을 설치는 날들이 많았지만 전쟁이 터지지 않는다는 사실 만으로도 영지민들은 더없이 너그러워 질 수 있었다.

그 사이 단리명 일행은 칼리오스 공작성을 떠나 하온을 향해 내달렸다.

"이럇!"

마차는 올 때처럼 메르시오 백작이 몰았다.

"마차를 호위해라!"

마차의 호위 또한 잿빛 기사단의 몫이었다.

외관상으로는 처음과 달라진 게 없어 보였다.

그러나 마차 안의 상황은 달랐다. 처음보다 두 사람이 늘어나 있었다.

"칼리오스 공작령이 이토록 아름다운 줄 몰랐어요."

태어나서 처음으로 바깥 구경을 하게 된 레이첼은 감탄을 금치 못했다. 그만큼 막연히 꿈꿔 왔던 바깥 세상은 너무나 아름다웠다.

그럴 때마다 칼리오스 공작은 미안한 마음이 들었다.

마음 같아서는 마차의 속력을 늦추고 싶었다. 빠르게 스쳐 지나는 풍경보다는 제대로 된 자연 경관을 보고 느끼게 해 주고 싶었다.

하지만 애석하게도 단리명은 더 이상 시간을 허비할 수가 없었다.

"이럇!"

메르시오 백작이 있는 힘껏 말등을 때렸다.

덜컹, 덜컹.

마차도 쉬지 않고 하온을 향해 내달렸다.

Chap.
45

레이첼의 자리

1

"리먼 대공 전하께서 오신다!"

멀리서 단리명의 깃발을 확인한 성루의 병사가 있는 힘껏
소리쳤다.

"리먼 대공 전하께서 돌아오셨다!"

그 사실이 빠르게 성벽 쪽으로 전해졌다.

"어서 성문을 열어라!"

소식을 듣고 달려온 북문의 수비대장이 다급히 명령을 내렸
다.

끼이이익!

굳게 닫혔던 성문이 요란스럽게 열렸다.

잠시 후,

덜컹! 덜컹!

잿빛 기사단의 호위를 받으며 팔두 마차가 성문을 스쳐 지났다.

2

"어서 오시오, 대공."

단리명이 돌아왔다는 소식을 듣기가 무섭게 하밀 국왕은 왕궁 입구까지 마중을 나왔다.

하밀 국왕의 영접을 받을 만큼 단리명의 공로는 컸다.

단신으로 칼리오스 공작가를 방문해서 전쟁 없이 칼리오스 공자의 항복을 받아냈다. 그것은 지금까지의 전공보다도 훨씬 대단한 것이었다.

하지만 정작 하밀 국왕의 시선은 단리명을 지나 다른 사람에게 향해 있었다.

"처음 뵙겠습니다, 폐하."

처음으로 하밀 국왕을 대면한 레이첼이 조심스럽게 인사를 올렸다.

"어서 오거라."

레이첼을 빤히 바라보던 하밀 국왕도 이내 어색한 미소를 그렸다.

'닮았다고는 들었지만 이 정도라니.'

하밀 국왕이 보기에도 레이첼의 모습은 레베카와 너무도 흡사했다. 또렷한 이목구비(耳目口鼻)는 물론 갸름한 턱선, 단정하면서도 기품이 넘치는 분위기까지 꼭 레베카를 보는 듯했다.

물론 닮았다고 해서 무조건 쌍둥이라고 단정 짓기란 어려웠다. 하지만 단지 그것뿐이라면 전날 위대한 존재가 자신을 찾지는 않았을 것이다.

"내일 리먼 대공과 함께 또 다른 하르페의 아이가 찾아올 것이다."

위대한 존재는 레이첼이 하르페 왕실의 후예라고 말했다. 하지만 이상하게도 그녀를 레베카처럼 귀하게 여기라는 말은 없었다.

혹여 말을 빼먹기라도 한 것일까?

하밀 국왕은 이내 고개를 저었다. 더없이 이성적이고 냉철한 드래곤이 실수를 하지는 않았을 터. 그렇다는 건 하르페의 왕녀로서 대하되 왕실은 레베카로 하여금 잇게 하라는 뜻인 게 분명했다.

밤새도록 레이첼의 처우에 대해 고민한 끝에 하밀 국왕은 그녀를 하밀 왕실의 두 번째 왕녀로 받아들이기로 결론을 내렸다. 하지만 레베카처럼 그녀를 양녀로 삼지는 않을 생각이었다.

비록 허울뿐인 국왕이라고는 하지만 하밀 국왕의 양녀가 된다는 건 의미가 남달랐다. 그만큼 다음번 왕좌에 가까워진다는 뜻이다.

사실 발렌시아 공작의 간계로 하밀 왕국은 이렇다 할 왕위 계승자조차 남아 있지 않은 상황이었다. 만에 하나 갑작스럽게 하밀 국왕이 죽게 된다면 다음 왕위는 자연스럽게 첫 번째 왕위 계승권을 지닌 제1왕녀 레베카에게 돌아가게 될 것이다.

이후에 하밀 왕조가 사라지고 하르페 왕조가 부활하는 일과는 별개로 말이다.

덩달아 하르페 왕조를 이어 가는 문지기로서 하밀 국왕의 임무는 더욱 막중해졌다.

후계자가 레베카뿐이라면 적당한 때에 자리에서 물러나면 그만이다. 하지만 레이첼까지 나타난 이상 그의 선에서 정리를 해 줄 필요가 있었다.

하르페 왕조를 단절시켰다는 오명까지 뒤집어쓴 마당에 하르페 왕조의 재건에 아무런 도움조차 주지 못했다는 오해는 솔직히 피하고 싶었다.

"쉬지 않고 달려오느라 피곤했을 테니 안에 들어가 쉬도록 해라."

"아닙니다, 폐하. 저는 괜찮습니다."

"그래? 그렇다면 나와 함께 식사를 하지 않겠느냐?"

하밀 국왕이 넌지시 물었다.

"초대해 주신다면 영광입니다."

레이첼이 흔쾌히 고개를 끄덕였다.

"왕실이 복잡할 테니 내 손을 잡거라."

하밀 국왕이 레이첼에게 손을 내밀었다.

"감사합니다, 폐하."

레이첼의 얼굴이 수줍게 달아올랐다.

3

하밀 국왕과 레이첼이 사라진 대전.

"하이베크, 잠깐 나 좀 보자."

뭔가 불만이 가득한 얼굴로 로데우스가 하이베크를 잡아끌었다.

"갑자기 무슨 일이야?"

하이베크가 의아한 얼굴로 물었다.

"따로 할 말이 있으니 일단 자리를 옮기자고."

로데우스가 슬쩍 단리명의 눈치를 살폈다. 대전에는 아직 단리명과 칼리오스 공작이 남아 있었다.

"나 참."

미간을 찌푸리던 하이베크가 마지못해 로데우스를 따라나섰다.

로데우스는 대전과 멀찍이 떨어진 곳까지 도망치듯 걸음을 옮겼다. 그것으로도 모자라 대화 내용이 새지 않도록 주변에 마나벽을 둘렀다.

"무슨 말을 하려고 이렇게 호들갑을 떠는 거냐?"

평소와 다른 로데우스의 모습이 우스운 듯 하이베크가 핀잔을 주었다. 그러자 로데우스가 무척이나 심각한 표정으로 입을 열었다.

"하이베크, 이게 잘한 짓일까?"

"잘한 짓이라니?"

"저 아이 말야."

"설마 레이첼인지 뭔지 하는 여자 아이를 말하는 건 아니겠지?"

"맞아, 레이첼. 그 아이를 말하는 거야."

자신을 이곳에 끌고 온 순간부터 하이베크는 로데우스가 레이첼의 일을 마음에 걸려 한다는 사실을 눈치채고 있었다. 다만 이렇듯 노골적으로 속내를 드러낼 줄은 미처 예상하지 못했다.

"내가 잘못 들었나? 로데우스의 입에서 그런 감상적인 말이 나오다니."

하이베크가 눈을 흘기며 짓궂게 놀렸다.

강함을 추구하는 드래곤들에게 있어 로데우스는 동경의 대상이었다. 그런 로데우스가 무척이나 사소한 일에 이토록 민

감하게 반응하는 게 의외였다. 솔직히 말해 전혀 어울리지 않았다.

로데우스 역시 이러는 자신이 부끄러웠다. 하지만 그로서도 어쩔 도리가 없었다.

마차를 타고 하온으로 되돌아오는 동안 로데우스의 시선은 줄곧 레이첼을 향해 있었다.

처음에는 단순한 호기심에 불과해 보였다. 하지만 그것이 점차 관심으로 변하더니 이후에는 애틋한 감정으로까지 번지고 말았다.

그 사실을 매정한 단리명은 알지 못했다. 당사자인 레이첼도 모르고 있었다.

오직 친구인 하이베크만이 눈치챘을 뿐이다.

"로데우스."

"왜?"

"진심으로 하는 말이다만 그 아이가 레베카를 닮은 게 마음 쓰인다면 일찌감치 그만두는 게 좋아."

"크흠. 그런 거 아냐."

로데우스가 괜히 헛기침을 내며 무안함을 달랬다. 하지만 하이베크는 어물쩍 넘어가지 않았다.

"아니라고? 그럼 뭐지?"

"그게 그러니까……."

"설마 드래곤인 네가 고작 백 년도 살지 못하는 하찮은 인

간의 삶에 간여했다는 게 신경 쓰인다고 말하고 싶은 건 아니
겠지?"

"끄응."

하이베크의 날카로운 질문 앞에 로데우스는 말문이 막혀 버
렸다.

인간들에게 터전을 빼앗긴 유사 인종들은 인간들을 가장 이
기적인 종족이라고 말한다.

하지만 인간들의 입장에서 봤을 때 많지 않은 개체수로 드
넓은 땅을 차지하고 있는 유사인종이 더욱 이기적으로 보이는
게 사실이었다.

이처럼 생존과 직결되는 문제에 있어서 세상의 모든 종족들
은 이기적일 수밖에 없다.

그것은 드래곤도 마찬가지다.

중간계를 수호하는 입장이기는 하지만 어둠 너머의 '그들'
을 대비해야 하는 순간부터 인간들의 인생 따위는 조금도 신
경 쓰지 않았다.

비록 레베카를 빼닮았다고 할지라도 레이첼은 인간이다. 하
르페 왕실의 핏줄이라는 걸 제외한다면 드래곤이 신경 쓸 이
유가 없다.

솔직히 칼리오스 공작의 협박이 없었다면 아마 눈길조차 주
지 않았을 것이다.

단리명에게 모든 것을 맡긴 밤.

하이베크와 로데우스는 갑작스런 칼리오스 공작의 방문을 받았다.

"두 분의 정체를 알고 있습니다."

칼리오스 공작은 다짜고짜 하이베크와 로데우스를 몰아세웠다.

"저, 정체라니!"

"이놈! 무슨 헛소리를 하는 것이냐!"

겉으로는 강하게 반발하면서도 하이베크와 로데우스는 당혹스러움을 감추지 못했다. 그만큼 칼리오스 공작의 말과 표정은 확신이 어려 있었다.

"괜찮습니다. 리먼 대공께는 아무 말도 하지 않았으니까요."

"크흠."

"그게 정말이냐?"

"물론입니다."

능구렁이 같은 칼리오스 공작은 단리명이나 다른 이들에게 비밀을 밝힐 생각이 없음을 밝혔다. 그러면서도 넌지시 왕녀로 인정받은 레베카와 드래곤들이 연관되어 있다는 사실을 지적했다.

자연스럽게 그는 자신이 보호하고 있던 레이첼이야말로 진정한 하르페 왕실의 후손이라고 주장했다. 레베카 또한 하르폐 왕실의 핏줄이라면 둘은 쌍둥이일 수밖에 없다며 사견을 덧붙였다.

"헛소리!"

"어디서 말도 안 되는 소리를 지껄이는 것이냐!"

하이베크와 로데우스는 그 말을 쉽게 믿지 않았다. 함부로 떠들었다간 가만두지 않겠다며 칼리오스 공작을 매섭게 윽박질렀다.

하지만 칼리오스 공작은 하이베크와 로데우스의 으름장에 꿈쩍도 하지 않았다. 오히려 한껏 여유로운 표정으로 직접 확인해 보라고 말했다.

다음 날 아침.

"허허."

"이럴 수가……."

레이첼을 만난 하이베크와 로데우스는 놀라움을 금치 못했다. 레베카와 똑같이 생긴 인간 여인을 어찌해야 할지 감이 오지 않았다.

"일이 생겼습니다."

하이베크는 일단 이 사실을 하이아시스에게 보고했다. 하이시아스는 아드레아를 불러 레이첼이란 여인이 하르페의 후손인지 확인해 보라고 일렀다.

뜻밖의 소식을 들은 아드레아는 한달음에 칼리오스 공작성으로 날아갔다.

아드레아는 잠이 든 레이첼의 몸속을 조심스럽게 살폈다. 그리고 그녀의 몸속에 자신의 피가 흐르고 있다는 사실을 확인했다.

"하르페의 후손이 확실합니다."

하이시아스에게 되돌아온 아드레아의 표정은 더없이 밝아 보였다.

아드레아는 자신의 후손이 살아 있다는 사실을 감사하고 또 감사했다. 하르페의 핏줄이 끊긴 줄 알고 슬퍼했는데 이제는 웃을 수 있게 됐다고 말했다.

그러나 하이아시스는 마냥 아드레아를 축하해 줄 수가 없었다.

"아드레아, 미안한 말이지만 레베카의 자리는 내어 줄 수가 없어요."

비록 하르페 왕실의 유일한 생존자라 불리고 있지만 레베카는 드래곤이다. 그녀가 하밀 국왕의 양녀가 될 수 있었던 것은 하르페의 대가 끊겼다고 생각한 아드레아의 동의와 도움이 있었기 때문이다.

아드레아는 피 한 방울 섞이지 않은 레베카를 자신의 후손으로 인정했다. 덕분에 레베카와 단리명은 손쉽게 하밀 왕국에 자리를 잡을 수 있었다.

모든 드래곤들이 암묵적으로 단리명을 돕는 건 머지않아 깨어난다는 '그들'을 견제하기 위함이었다. 과거처럼 치열한 싸

움을 통해 수십 명의 일족들을 잃지 않으려는 몸부림이기도
했다.

다행히도 아드레아는 하이아시스의 심정을 충분히 헤아려
주었다.

"걱정하지 마세요. 인간들의 나라에 대한 집착은 이미 버렸
답니다."

상황이 묘하게 꼬이긴 했지만 아드레아는 드래곤이다. 그것
도 모든 드래곤들의 미래에 대해 고민해야 할 장로 중 하나였
다.

일족이 화를 모면할 수만 있다면 국왕의 자리가 아니라 더
한 것이라도 내놓아야 했다. 그게 싫다면 일족과 함께 살아갈
이유가 없었다.

아드레아의 양보 덕분에 하르페 왕실의 혈통과 그에 따른
재건 문제는 일단락되었다.

하이베크와 로데우스에게도 지금까지처럼 단리명과 레베카
를 도우라는 하이시아스의 뜻이 전해졌다.

하이베크는 그것이 당연한 결과라고 생각했다. 그러나 레이
첼에게 연민의 감정을 품은 로데우스는 생각이 다른 모양이었
다.

"네가 누굴 좋아하는지 내 상관할 바는 아니지만 우리의 임
무를 잊지 않았으면 좋겠다."

"조, 좋아하다니 무슨……."

"어쨌든, 우리는 대형을 도와 하르페 왕국을 재건할 의무가 있다. 임무가 끝났다면 모를까 아직 하밀 왕국의 혼란조차 수습하지 못한 상황에서 사사로운 감정에 빠져 있지 않았으면 좋겠다."

"그, 그런 게 아니래도……."

"단순히 미안한 심정이라고 해도 마찬가지야. 칼리오스 공작은 레이첼을 왕녀로 만들어 주면 더 이상 불만을 갖지 않겠다고 했어. 당사자도 만족해하는 것 같고. 그러니 더 이상 신경 쓰지 마라."

"끄응."

하이베크의 일방적인 설교 속에 로데우스는 연신 신음만 흘려댔다.

아직까지 자신의 감정에 솔직하지 못한 그로서는 딱히 반박할 수가 없었다. 아니, 하이베크의 말처럼 임무가 끝날 때까지 사적인 감정은 자제하는 편이 옳았다.

"알았다."

로데우스가 마지못해 고개를 끄덕였다.

"잘 생각했다. 가급적이면 대형께서 신경 쓰지 않도록 주의하는 게 좋겠어."

하이베크가 피식 웃으며 로데우스의 어깨를 두드렸다.

임시 대전 회의를 통해 레이첼을 정식적인 왕녀로 인정하는 일은 발렌시아 공작 세력을 평정한 이후에 논하기로 결론이 났다.

"저는 상관없어요."

레이첼도 그 점에 대해 크게 불만을 갖지 않았다.

"왕녀님. 폐하께서 아침 식사를 함께하는 게 어떻느냐고 물어 오셨습니다."

형식적인 절차만 남아 있을 뿐 모두들 그녀를 왕녀로서 대했다.

"알겠다고 전해 주세요."

레이첼은 왕실에서의 하루하루가 즐겁기만 했다. 칼리오스 공작에게는 미안한 말이지만 비로소 사람답게 사는 기분이 들었다.

물론 칼리오스 공작가에서의 생활도 나쁘지 않았다. 오히려 지나치다 못해 부담스러워질 만큼 여러 가지로 신경 써 주었다.

차이점이 있다면 마음 가짐이다.

칼리오스 공작가에서 레이첼은 부모가 누구인지도 모르는 귀한 손님이었다. 칼리오스 공작은 물론 케이로스조차 쩔쩔매다 보니 다들 그녀를 이유 없이 두려워했다.

하지만 지금은 달랐다. 왕녀라는 고귀하고도 확실한 신분이 있기 때문에 사람들은 그녀를 우러르고 존경한다. 그녀 또한 섬김을 자연스럽게 여기게 됐다.

그 사소한 차이가 그녀를 더욱 생기발랄하게 만들어 주었다.

"오늘은 더욱 아름다우세요, 왕녀님."

"레베카 왕녀님도 아름다우시지만 레이첼 왕녀님은 눈이 부실 정도예요."

하녀들은 모였다 하면 레이첼을 극찬했다. 그 과정에서 여러 차례 레베카의 이름이 오르내렸다.

자연스럽게 레이첼도 레베카를 신경 쓰기 시작했다.

"레베카 님은 지금쯤 무엇을 하고 있을까?"

"글쎄요. 아마도 대공 전하와 함께 계시지 않을까요?"

"대공 전하?"

"대공 전하와 레베카 님은 결혼을 약속하셨잖아요. 그러니 함께 계실밖에요."

"그, 그래?"

레이첼이 부러워하는 표정을 지으면 하녀들은 기다렸다는 듯이 까르르 웃음을 터뜨렸다. 그러면서 레이첼에게도 곧 좋은 남자가 생길 것이라고 위로해 주었다.

'남자, 남자라……'

지금까지 살면서 사내라고는 칼리오스 공작과 케이로스밖

에 접해 보지 못한 레이첼에게 있어서 결혼이란 낯선 단어였다. 그럴수록 너무나도 강렬했던 단리명과의 첫 만남이 자꾸만 생각났다.

5

갑작스런 레이첼의 등장에도 왕실의 분위기는 크게 달라지지 않았다. 그러나 레베카는 예전에 비해 확실히 웃음이 줄어들었다.

"하 매, 어디가 아픈 것이오?"

"아, 아무것도 아니에요."

"레이첼 왕녀 때문이라면 너무 신경 쓸 것 없소. 20년을 떨어져 지냈는데 하루 아침에 마음을 주기가 어디 쉬운 일이겠소?"

단리명은 레베카가 레이첼을 어려워한다고 생각했다. 그것이 당연하다고 여겼다.

실제 단리명도 대리국의 왕자로 살면서 모든 형제들과 교류했던 건 아니었다.

처소가 가깝거나 취향이 비슷했던 형제들과는 자주 어울려 지냈다. 그러나 몇몇 형제들은 이름만 기억하기도 했다. 왕궁을 떠날 때까지 한 번도 만나 보지 못한 형제들도 적지 않았다.

그들 중 몇몇은 단리명이 무림행을 나설 때 우연을 가장해 모습을 드러냈다.

하나같이 단리명의 이름을 빌려 허세를 부리고 싶어 했다. 교류는 없었지만 같은 피를 나눈 형제인 만큼 상부상조하자고 말했다.

하지만 단리명은 추악한 그들이 남들보다도 멀게만 느껴졌다.

어쩌면 레베카도 비슷한 심정일 터. 괜히 그녀를 보채 힘들게 하고 싶지 않았다.

그러나 정작 레베카는 다른 이유로 마음이 답답했다.

'진짜 하르페 왕실의 후손이 나타났어.'

레베카는 성년이 된 지 얼마 지나지 않은 어린 드래곤이다. 그렇다 보니 자기중심적인 드래곤들의 습성에 젖어 있지 않았다.

오히려 지나치게 남을 배려하는 성격 때문에 하이아시스의 걱정을 샀다.

이번 일도 마찬가지였다.

"신경 쓰지 말고 유희에 충실하거라."

하이아시스는 혹시 레베카의 마음이 흔들릴까 봐 신신당부를 했다. 하지만 그녀는 벌써부터 레이첼의 자리를 빼앗았다는 죄책감에 시달리고 있었다.

레이첼이 없었다면 하르페 왕실의 후손으로 살아가는 데 아무런 거리낌이 없었을 것이다. 오히려 자식들을 잃고 슬퍼하는 아드레아에게 위로를 줄 수 있다는 기쁨을 가지고 살아갔을 것이다.

하지만 지금은 달랐다.

전날 저녁 식사에 초대한 하밀 국왕은 발렌시아 공작령을 수복한 뒤에 왕위를 물려 주겠다고 말했다. 그것이 자신이 할 수 있는 유일한 속죄라고 말했다.

그전에 레이첼을 왕녀로서 인정하겠다고 말했다. 대신 그녀를 부활한 하르페 왕실의 사람으로 받아들이는 일은 전적으로 자신에게 맡기겠다고 했다.

드래곤들의 뜻을 알지 못하는 하밀 국왕으로서는 그것이 최선의 선택이었을 것이다.

레이첼을 왕녀로 인정하고 계승권까지 부여한다면 차기 왕위 문제가 복잡해질 수밖에 없었다. 그렇다고 계승 문제가 해결될 때까지 왕좌를 유지하겠다며 욕심을 부릴 수도 없는 상황이었다.

그에게 주어진 임무는 어디까지나 문지기다. 오직 한 사람, 새로운 왕에게 문을 열어 주어야 한다는 사명을 가지고 있었다.

만일 다른 드래곤이었다면 당연하다는 듯이 고개를 끄덕였

을 것이다. 하르페 왕실의 주인으로서 보란 듯이 유희를 즐겼
을 것이다.

그러나 레베카는 그 과정에서 피해를 받을 레이첼이 마음에
걸렸다.

"그렇게 마음이 쓰이면 식사라도 함께해 보시오."

단리명이 창백해진 레베카의 어깨를 끌어안았다.

"알았어요."

단리명의 온기에 굳은 몸을 녹이며 레베카가 힘없이 중얼거
렸다.

Chap. 46

발렌시아 공작령을 향해

1

칼리오스 공작가를 다녀오면서 무려 20여 일이라는 시간이 흘렀다.

채 더위가 가시지 않던 날씨도 어느덧 쌀쌀한 기운이 감돌았다.

이대로는 군대를 움직이는 게 어려울 것 같았다. 자칫 잘못했다간 한겨울에 발렌시아 공작령 한가운데서 발이 묶일 수도 있었다.

하지만 단리명은 발렌시아 공작 세력 공격을 늦출 생각이 전혀 없었다.

"군사 회의를 소집하라."

단리명의 명령을 받은 귀족들이 회의장으로 모여들었다. 그 안에는 놀랍게도 이번에 투항한 칼리오스 공작도 포함되어 있었다.

"세상에, 칼리오스 공작이라니."

"얼굴 한번 두껍군."

칼리오스 공작을 발견한 귀족들은 저마다 불쾌감을 드러냈다.

겨울을 앞두고 자신들이 군사 회의에 소집된 건 다름 아닌 4대 공작 때문이다. 그들 중 하나가 뻔뻔스럽게 회의에 참석해 있다는 게 마음에 들 리 없었다.

하지만 칼리오스 공작은 조금도 움츠러들지 않았다. 오히려 더욱 태연하게 회의에 임했다.

주재자인 단리명도 특별히 칼리오스 공작을 의식하지 않았다. 여느 때처럼 위엄 어린 목소리로 귀족들의 시선을 잡아끌었다.

"아직 겨울이 오려면 두 달이 남았다. 그전에 발렌시아 공작에게 죄를 묻겠다."

단리명이 올해 안에 발렌시아 공작 세력을 병합하겠다고 선언했다.

어찌 보면 당연한 선택이었다.

4대 공작들의 반란으로 인해 하밀 왕국 전역이 어수선한 상황이었다. 칼리오스 공작이 굴복하며 발렌시아 공작만 남은 이상 해를 넘길 필요는 없었다.

그러나 귀족들은 쉽지 않은 일이라며 하나같이 앓는 소리를 냈다.

"대공 전하, 발렌시아 공작을 공략하기에는 시일이 적절하지 않습니다."

"발렌시아 공작도 결코 호락호락하게 당해 주지는 않을 것입니다."

귀족들이 봤을 때 고작 2개월 남짓 남은 시간 동안 발렌시아 공작 세력을 무너뜨리는 건 솔직히 불가능에 가까운 일이었다.

발렌시아 공작 세력은 오래 전부터 검술을 통해 끈끈한 유대 관계를 맺어 왔다. 4대 공작들 중 가장 단단한 결속력을 가지고 있었다.

단리명이 군을 일으킨다면 발렌시아 공작을 따르는 귀족들은 필히 시간을 끌려 할 것이다. 영지를 포기하면서 진군을 막으려 들 것이다.

그 과정에서 겨울이 닥친다면 곤란해지는 건 결국 원정을 떠난 자신들일 수밖에 없었다.

"제 생각도 다르지 않습니다. 대공 전하."

"다시 고려해 주십시오."

귀족들이 한 목소리로 간청했다. 그만큼 귀족들의 머릿속에 박힌 발렌시아 공작이란 이름은 쉽게 무너질 것 같지가 않았다.

하지만 그렇기 때문에 단리명은 이 겨울을 허비할 수가 없었다.

"겨울이라고 해서 군을 움직일 수 없는 것은 아니다. 또한 겨울이 지난다고 해서 곧바로 군을 움직일 수 있는 것도 아니다."

3개월의 겨울 중 병사들의 움직임에 제한을 받는 시기는 후반의 2개월 정도다. 벅차긴 하겠지만 초반의 1개월 정도는 싸우는 데 문제가 없었다.

사실 단리명을 쫓는 하밀 왕국의 병사들은 지나치게 나약했다.

메르시오 백작이 이끄는 남부 연합의 병력이 그나마 훈련이 잘되어 있지만 연합군의 성격이 강했다. 그렇다 보니 결속력이 부족했다.

왕실 수호군도 마찬가지였다. 음지에서 훈련해 온 탓에 실전 경험이 턱없이 부족했다.

그들보다도 모자란 국왕 직속의 병력은 말할 필요조차 없었다.

바르카스 공작 세력과 티마르 공작 세력에 복속된 병력들 훈련 상태가 그나마 괜찮았지만 발렌시아 공작과의 싸움에 투입하기는 어려웠다.

발렌시아 공작은 4대 공작의 중심에 위치해 있었다. 최악의 경우 발렌시아 공작의 섣부른 도발에 군이 와해될 가능성도 없지 않았다.

결국 정해진 병력으로 발렌시아 공작을 상대해야 했다. 그들과 싸워 이기기 위해서는 가급적 재정비할 시간을 주지 말아야 했다.

겨울이 가까워졌다고 발렌시아 공작을 내버려 둔다면 무려 5개월의 시간을 주게 된다. 게다가 초봄의 쌀쌀한 날씨도 고려해야 했다.

날씨가 풀릴 때를 기다리다 보면 자연스럽게 더 많은 시간을 주게 될 것이다. 그럴수록 발렌시아 공작 세력은 더욱 단단하게 변할 것이다.

다른 4대 공작들이 모두 무너졌다는 불안감도 시간이 지나면 어느 정도 떨쳐 낼 것이다. 또한 외세를 끌어들이려 애를 쓸 것이다.

발렌시아 공작을 응징하는데 주변의 나라들이 간여하기 시작한다면 군을 움직이는 건 더욱 어려워질 것이다. 최악의 경우 하밀 왕국의 내전이 다발적인 국가전으로 확전될 수도 있었다.

그것을 막기 위해서라도 발렌시아 공작의 숨통을 조여 놓아야 했다.

"스탈란 남작."

"부르셨습니까?"

"방도를 내놓아라."

단리명이 스탈란 남작에게 시선을 돌렸다.

"알겠습니다, 대공 전하."

스탈란 남작이 기다렸다는 듯이 자리에서 일어났다.

웅성거리던 귀족들의 시선이 하나둘 스탈란 남작에게 모여들었다. 어느 순간부터 그는 단리명 세력의 전략관으로 자리매김하고 있었다.

그렇다고 그의 자리가 하이베크나 로데우스처럼 확실한 것은 아니었다.

단리명이 자주 의견을 묻기 때문에 전략관이라는 인식을 가지고 있을 뿐이다. 단리명의 결정 없이 스탈란 남작의 계획대로 움직일 귀족은 아무도 없었다.

스탈란 남작도 그 사실을 잘 알고 있었다. 그렇기 때문에 매번 최선의 전략을 짜내려 노력했다.

만일 칼리오스 공작과의 일이 틀어져서 전쟁을 치러야 했다면 발렌시아 공작 세력 공략이 불가능했을 것이다. 최대한 빨리 칼리오스 공작 세력을 무너뜨린다 할지라도 지금보다 겨울이 가까웠을 가능성이 높았다.

하지만 놀랍게도 단리명은 단신으로 칼리오스 공작을 굴복시켜 버렸다. 그것으로도 모자라 칼리오스 공작을 아군으로 만들었다.

덕분에 발렌시아 공작 세력을 겨울 내에 공략할 수 있는 길이 열렸다.

아직까지 귀족들은 칼리오스 공작에 대한 거부감을 가지고 있었다. 회의에 참석하곤 있지만 보이지 않는 벽을 두른 채 배척해 왔다.

반면 단리명은 내색하지 않을 뿐 칼리오스 공작을 귀족들과 동등히 대했다.

칼리오스 공작의 성격으로 봤을 때 단리명에게 온전히 굴복하지 않았다면 전략 회의에 참석하지 않았을 것이다. 그렇다면 그의 군세까지 이번 전쟁에 포함시켜도 문제가 없을 것 같았다.

'칼리오스 공작. 이번 기회에 날 곤욕스럽게 만든 빚을 받겠소.'

스탈란 남작은 칼리오스 공작의 갑작스런 초대로 인해 골머리를 썩였던 일을 잊지 않았다.

그 일로 인해 그는 단리명에게 또다시 부족한 모습을 보이고 말았다. 어렵게 단리명의 눈에 든 그로서는 실로 치명적인 일이 아닐 수가 없었다.

다행히 또다시 기회가 찾아오긴 했지만 입지가 위태로워진 것만은 사실이었다.

실추된 자존심을 회복하기 위해서라도 가장 확실한 방법을 생각해 내야 했다.

"올해가 지나기 전에 발렌시아 공작을 굴복시킬 방법이 없는 것은 아닙니다."

스탈란 남작이 슬쩍 칼리오스 공작을 바라보았다. 그러자 눈치 빠른 칼리오스 공작이 마음대로 하라는 듯 피식 웃음을 흘렸다.

"처음 바르카스 공작을 공략했을 때만 하더라도 군을 한데 집결시켜 운용했습니다. 병력의 부족도 이유가 되겠지만 그보다는 4대 공작을 공략할 방법이 한정되어 있기 때문이었습니다."

발렌시아 공작을 비롯한 4대 공작의 영지는 국왕 직할령을 두르듯 존재해 있었다.

그들을 직접적으로 공략할 수 있는 방법은 정면 돌파뿐이었다. 그렇다 보니 굳이 군을 나누는 번거로운 전략은 고려하지 않았다.

하지만 지금은 다르다. 하밀 왕국의 가장 북쪽에 위치해 있긴 하지만 발렌시아 공작 세력은 국왕 직할령은 물론 칼리오스 공작 세력과도 접해 있었다.

"이번에 되찾은 서북부는 오래 전부터 발렌시아 공작 세력과 교류를 해 왔습니다. 그 연결 통로를 이용한다면 발렌시아 공작 세력의 결집을 막을 수 있습니다."

칼리오스 공작이 단리명을 초청했을 때 발렌시아 공작이 가장 먼저 내린 명령이 다름 아닌 봉쇄령이다. 그만큼 발렌시아 공작 세력과 칼리오스 공작 세력 간에는 꾸준한 교류가 있어 왔다.

본디 상호 협력의 이유로 만들어진 통로들이 적들의 침략로로 변한다면 발렌시아 공작을 따르는 귀족들도 혼란스러워질 터. 그 심리적인 약점을 잘만 이용한다면 전쟁을 빠르게 마무리 지을 수 있을 것이다.

　그러기 위해 필요한 것이 다름 아닌 칼리오스 공작의 절대적인 협조였다.

　"아직 왕국에는 대군을 이끌 만한 사령관들이 부족한 실정입니다."

　과거 단일군으로 4대 공작을 상대했던 건 병력과 전술 때문만은 아니었다. 스탈란 남작의 말처럼 총사령관의 재목이 보이지 않았기 때문이다.

　그 점을 보완하기 위해 단리명이 하이베크와 로데우스에게 전략과 전술을 가르치고 있지만 당장 군을 맡길 정도는 아니었다.

　"대공 전하께서 이번에도 군을 이끄신다면 하온은 메르시오 백작님께서 지키셔야 할 것입니다. 발렌시아 공작 휘하의 귀족들을 압박하기 위해서는 적어도 두 개의 주력군이 진군해야 할 터. 다른 한 군을 칼리오스 공작님께 맡기는 게 좋을 것 같습니다."

　단리명이 아무런 언급도 하지 않았지만 스탈란 남작은 이번 전쟁에 칼리오스 공작을 끌어들였다.

　그러자 자리한 귀족들이 놀란 눈으로 칼리오스 공작을 바라보았다.

인정하긴 싫지만 단리명을 제외하고 발렌시아 공작을 상대로 무리 없이 군을 이끌 만한 자는 칼리오스 공작밖에 없었다.

메르시오 백작은 발렌시아 공작과 붙이기에 무게감이 떨어졌다. 아직까지 단리명의 곁에서 독립하지 못한 하이베크와 로데우스는 어딘지 모르게 불안해 보였다.

만일 칼리오스 공작이 발렌시아 공작을 공격하는데 돕는다면 이야기가 달라질 터.

"그대의 생각은 어떤가?"

단리명이 처음으로 칼리오스 공작을 향해 입을 열었다.

"무엇이든 맡겨만 주십시오, 대공 전하."

칼리오스 공작이 단리명을 향해 깊숙이 고개를 숙였다.

"……!"

순간 자리하고 있던 귀족들은 경악을 금치 못했다.

'세상에, 경어라니!'

'국왕 폐하조차 눈 아래로 보던 칼리오스 공작이 정녕 맞단 말인가!'

평소 보여 줬던 칼리오스 공작의 오만함은 발렌시아 공작과 비교해도 부족하지 않을 정도였다.

그만큼 하밀 왕국에게 있어 칼리오스 공작은 공존할 수 없는 적이었다. 그런 그가 하루아침에 단리명에게 충성을 다하고 있었다.

도대체 어떻게 된 일인가!

일의 전말을 알지 못하는 귀족들은 그저 서로를 바라보며 눈만 끔뻑거렸다.

아직까지 레이첼의 존재는 극소수의 이만이 알고 있었다. 그렇다 보니 칼리오스 공작의 갑작스런 항복 자체를 의아해하는 귀족들도 적지 않은 상황이었다.

그 외중에 칼리오스 공작이 흔쾌히 스탈란 남작의 요청을 수락했으니 혼란스러울 만도 했다.

'도대체 무슨 꿍꿍이인가!'

'대공 전하와 은밀한 이야기라도 나눴단 말인가.'

귀족들은 하나같이 칼리오스 공작의 저의를 의심했다. 필시 다른 이유가 있을 것이라 여겼다.

하지만 정작 칼리오스 공작은 어떻게든 단리명에게 인정받아야 하는 상황이었다.

'스탈란 남작이라고 했던가? 잊지 않고 이 은혜를 갚아야겠군.'

단리명과 따로 군을 움직일 수 있다면 그만큼 공을 세울 기회가 많아질 것이다.

게다가 그의 공적은 단리명과 나란히 평가될 터. 자연스럽게 실추된 위상도 되찾아질 것이다.

2

칼리오스 공작이 힘을 보태기로 하면서 군사 회의는 활기를 띠었다.

"발렌시아 공작 세력이 보유한 병력은 약 40만입니다. 그들을 단시간에 제압하기 위해서는 최소한 그 절반 이상의 병력을 움직여야 합니다."

스탈란 남작이 발렌시아 공작령으로 진군할 원정군의 대략적인 규모를 산출해 냈다.

20만.

애석하게도 귀족들이 쉽게 입에 올릴 만큼 만만한 숫자는 아니었다.

현재 단리명이 움직일 수 있는 병력은 대략 15만이다. 그중 절반 이상이 바르카스 공작과 티마르 공작을 따르던 병사들이다.

그들을 이번 전쟁에서 배제한다면 움직일 수 있는 병력은 7만 남짓. 거기에 남부 연합의 병력까지 끼워 넣어야 겨우 20만에 근접하는 병력이 만들어질 것이다.

만일 칼리오스 공작이 없었다면 상당한 출혈을 감수해야 했을 것이다. 게다가 군을 둘로 나눠 진군하겠다는 전략도 세울 수 없었다.

"칼리오스 공작."

"말씀하십시오."

"내놓을 수 있는 병력을 말하라."

단리명이 단도직입적으로 물었다.

"제가 내놓을 수 있는 병력은 15만입니다."

칼리오스 공작이 미리 생각해 두었던 병력을 답했다.

칼리오스 공작 세력이 보유한 병력은 발렌시아 공작 세력과 비슷한 40만 정도. 그중 15만을 전쟁으로 돌린다 할지라도 영지 보호에는 문제가 없다.

게다가 비축한 군량이나 지휘관들의 재량을 고려했을 때도 15만이 적정선이다.

하지만 그마저도 언제나 병력의 열세에 시달려 왔던 귀족들에게는 희소식일 수밖에 없었다.

스탈란 남작이 말한 20만 중 15만이 해결되자 회의장의 분위기가 더욱 밝아졌다.

"다른 도움은 필요 없는가."

단리명이 한결 부드러워진 목소리로 물었다.

"로데우스 후작님께서 도와주시면 큰 도움이 될 것 같습니다. 또한 만약을 대비해 능력 있는 마법사를 내어 주셨으면 좋겠습니다."

칼리오스 공작이 지체 없이 지원을 요청했다.

"그렇게 하라."

단리명이 흔쾌히 고개를 끄덕였다.

대정령까지 불러낼 수 있는 칼리오스 공작을 필두로 마에스트로라고 알려진 로데우스와 8레벨 마법사 샤이니아가 군을 이끈다면 설사 발렌시아 공작이라 할지라도 함부로 덤벼들지는 못할 것이다.

거기에 병력도 15만이나 되니 발렌시아 공작 세력의 서부전선을 빠르게 위협할 수 있을 것이다.

그 틈을 노려 단리명은 정면에서 발렌시아 공작 세력의 문을 두드려야 했다.

"스탈란 남작, 10만을 만들도록."

단리명은 자신이 이끌 병력의 규모를 10만으로 정했다. 칼리오스 공작이 15만 병력을 내놓긴 했지만 그렇다고 5만 병력으로 발렌시아 공작령을 공략할 순 없었다.

전쟁에 있어서 병력이란 많으면 많을수록 좋은 일.

"알겠습니다, 대공 전하."

스탈란 남작도 공손히 고개를 숙였다.

3

그로부터 이틀 뒤.

"진군하라!"

단리명은 10만 병력과 함께 발렌시아 공작성을 향해 진군했다.

하밀 국왕은 너무 서두르는 게 아니냐며 걱정스러워했지만 칼리오스 공작 세력을 공략하기 위해 병력을 집결시킨 덕분에 출정까지 많은 시간이 걸리지 않았다.

"출정 준비를 해라!"

벽왕을 타고 단숨에 공작성으로 복귀한 칼리오스 공작도 출정을 서둘렀다.

하온에서 발렌시아 공작 세력의 초입까지는 5일 거리. 그때를 맞춰 칼리오스 공작의 병력도 봉쇄된 동쪽 길을 뚫어야 했다.

출정 준비는 불과 이틀 만에 끝이 났다. 단리명에게 투항하기 전까지 계속 전시 상황을 유지하다 보니 군을 조직하는데 많은 시간이 걸리지 않았다.

게다가 왕도인 하온으로 떠나기 전 칼리오스 공작의 언질도 있었다.

머잖아 전쟁이 있을 것이다. 그러니 미리미리 군을 준비해 놓아라.

케이로스는 부친의 명을 성실히도 따랐다. 덕분에 칼리오스 공작 세력의 연합군은 예정보다 빨리 동쪽 전선으로 나아갈 수 있었다.

4

"크윽!"

리먼 대공에 이어 칼리오스 공작의 진군 소식을 전해들은 발렌시아 공작은 분노를 참지 못했다.

특히나 칼리오스 공작에 대한 배신감이 컸다. 그가 리먼 대공을 초청했을 때 어느 정도 짐작은 했지만 이처럼 뒷통수를 칠 줄은 꿈에도 생각지 않았다.

"후방의 병력이 얼마나 남았느냐?"

발렌시아 공작은 즉시 자군의 총전략관인 맥고튼 백작을 불러들였다.

"국경 수비와 후방의 안정화를 위해 10만의 병력을 배치해 놓았습니다."

맥고튼 백작이 지도를 가리키며 설명했다.

발렌시아 공작 세력은 하밀 왕국의 북쪽에 위치해 있었다. 자연스럽게 주변국들과 경계를 함께했다.

하밀 왕국의 북부 접경국은 자이렌 왕국과 후텐 왕국.

자이렌 왕국은 발렌시아 공작 세력보다는 칼리오스 공작 세력과 더 많은 경계를 접했다. 상대적으로 발렌시아 공작 세력과 접한 곳은 일부에 지나지 않았다.

반면 후텐 왕국은 발렌시아 공작 세력의 북에서 동북에 걸쳐 넓게 맞닿아 있었다. 실질적으로 발렌시아 공작 세력과 접한 유일한 접경국이라 할 만했다.

그렇다 보니 자연스럽게 발렌시아 공작은 후텐 왕실과 돈독한 관계를 유지하고 있었다.

만약을 위해 국경에 배치한 병력은 총 5만. 그중 3만이 칼리오스 공작가와 밀접한 관계인 자이렌 왕국 국경 쪽에 몰려 있었다.

리먼 대공에게 손을 내민 칼리오스 공작이 어찌 나올지 모르기 때문에 내린 결정이었다. 하지만 칼리오스 공작이 리먼 대공에게 투항한 만큼 자이렌 왕국을 끌어들일 가능성은 없었다.

"후방의 병력 중 2만을 제외한 나머지 8만을 전선으로 움직여라."

"그렇게 하겠습니다."

"또한 나중을 위해 싸울 수 있는 사내들은 모조리 징집해라."

"알겠습니다, 공작님."

발렌시아 공작은 싸움을 길고 복잡하게 내다봤다. 남쪽과 서쪽에서 밀고 들어오는 적들을 막기가 쉽지는 않겠지만 그렇다고 허무하게 무너질 일은 없다고 자신했다.

그렇다고 적들을 얕잡아 보지는 않았다.

"라무에르 후작."

"부르셨습니까?"

"내가 갈 때까지 리먼 대공의 발걸음을 붙잡아 두어야 한다."

"맡겨만 주십시오."

16만 병력이 버티고 있는 남부 방위군의 사령관으로 라무에르 후작이 임명되었다.

비록 메르시오 백작과의 대결에서 패했다곤 하지만 그는 하밀 왕국의 5대 마스터 중 한 사람. 군을 지휘한 경험도 적지 않았다.

22만 병력이 포진된 서부 방위군의 사령관은 또 다른 마스터인 로비엘 백작의 몫이었다.

"로비엘 백작. 일단 막는 것에 주력하라."

"걱정 마십시오, 공작님."

"경고하지만 절대 적들의 도발에 말려들어서는 안 된다. 절대!"

"그런 일은 결코 없을 것입니다."

같은 5대 마스터이긴 하지만 라무에르 후작에 비해 로비엘 백작은 신뢰가 가지 않았다. 무게감은 물론 생각과 행동 자체가 가벼웠다.

적이 군을 나누지 않았다면 결코 로비엘 후작에게 군을 맡기지 않았을 것이다. 하지만 지금으로서는 어쩔 도리가 없었다.

물론 그에게 전쟁이 끝날 때까지 군의 지휘권을 맡길 생각은 없었다.

"군세에 비해 유능한 기사들이 부족하다."

발렌시아 공작이 입술을 깨물었다. 지금의 위기에서 벗어나 하밀 왕국을 손에 넣기 위해서는 스승에게 도움을 청할 수밖에 없었다.

Chap.
47

일방적인 싸움

1

"저곳이군."

어스름한 산길을 살피던 발렌시아 공작의 눈에 커다란 동굴이 들어왔다.

발렌시아 공작은 지체 없이 동굴 안으로 들어갔다.

화르륵!

마치 그의 방문을 기다리고 있었다는 듯 동굴의 벽면에 걸려 있던 횃불들이 활활 타올랐다.

다른 이들이라면 동굴 안에 유령이 산다며 기겁해 고래고래 소리를 지르며 동굴 밖으로 뛰쳐나갔을 것이다.

하지만 발렌시아 공작은 눈 하나 꿈쩍하지 않았다.

동굴의 주인이 스승인 호르만이 맞는다면 이 정도 일쯤은 웃어넘길 수준이었다.

실제 그의 능력은 하밀 왕국 제일공작으로 군림하던 자신조차 가늠할 수 없을 만큼 대단할 정도였으니까.

후르르륵!

동굴 안으로 깊숙이 들어갈수록 횃불의 움직임도 요란스러워졌다.

마치 불청객을 쫓아내기라도 하듯 불꽃이 사납게 으르렁거렸다. 더 이상 다가갔다간 당장에라도 거대한 불덩이를 토해낼 것만 같았다.

그렇다는 건 필시 스승이 발렌시아 공작을 알아보지 못한다는 의미.

"스승님, 제가 왔습니다!"

발렌시아 공작이 걸음을 멈추고 동굴 안쪽을 향해 힘껏 소리쳤다.

고작 횃불 따위에 발걸음이 붙잡혔다는 게 자존심 상할 노릇이었지만 무턱대고 들어갔다가 봉변을 당할 수도 없는 일이었다.

그러자 동굴 안쪽에서 게슴츠레한 목소리가 울렸다.

"미가엘이냐?"

세상에서 목소리의 주인을 스승이라 부를 만한 자는 여럿 있었다. 하지만 하밀 왕국 북쪽의 은신처를 알려 준 건 발렌시아 공작이 유일했다.

"그렇습니다, 스승님."

발렌시아 공작이 나직이 답했다.

"들어와라."

허락이 떨어지기가 무섭게 사납게 춤을 추던 횃불들이 잠잠해졌다.

저벅, 저벅.

발렌시아 공작이 멈췄던 걸음을 움직였다.

화르르.

잠잠히 일렁이는 횃불들이 어둑하기만 하던 동굴을 환히 밝혀 주었다.

2

"오랜만에 뵙습니다, 스승님."

40년 만에 만난 스승 호르만은 놀랍게도 예전 모습 그대로였다.

"제 발로 날 찾은 걸 보니 곤란한 일이라도 생긴 모양이구나."

호르만이 슬쩍 입가를 비틀었다.

"도움이 필요합니다, 스승님."

발렌시아 공작이 숨기지 않고 대답했다.

"도움이라……."

호르만의 눈빛이 짓궂게 변했다.

40년 전 자신을 믿을 수 없다며 공작성 밖으로 쫓아낸 제자가 손을 내미는 현실이 그저 우습기만 했다.

발렌시아 공작과 스승 호르만과의 인연은 50년 전으로 거슬러 올라간다.

호르만은 전대 발렌시아 공작을 가르친 검술 스승이었다. 그가 공작가의 대를 이을 현 발렌시아 공작을 가르치게 된 건 당연한 일이었다.

하지만 발렌시아 공작은 호르만의 검술을 받아들이려 하지 않았다. 선친이 마스터의 경지를 벗어나지 못한 이유를 호르만 때문이라고 여겼다.

또한 검가로 유명한 발렌시아 공작가의 검술에 이방인의 조언이 섞이는 걸 용납할 수가 없었다.

호르만은 그런 발렌시아 공작의 편협스러움이 마음에 들었다.

"10년. 날 믿고 따라온다면 마에스트로의 경지를 밟게 해 주겠다."

"좋습니다. 대신 약속을 지키지 못한다면……."

"내 발로 물러나 주지."

10년이라는 시간 동안 호르만은 발렌시아 공작을 위해 모든 것을 쏟아부었다. 덕분에 발렌시아 공작은 부친의 경지를 넘어서 꿈에도 그리던 마에스트로로 향하는 길을 발견할 수 있었다.

하지만 결과적으로 10년 만에 마에스트로의 경지를 밟지는 못했다.

더 이상 호르만의 도움은 필요 없다고 여긴 발렌시아 공작은 마스터 최상급의 경지를 밟은 이후부터 영악스럽게도 스승의 가르침을 흘려들었다. 덕분에 호르만도 약속대로 물러날 수밖에 없었다.

그것이 40년 전의 일이다. 미약한 천기를 따라 발렌시아 공작가로 왔던 호르만도 별다른 미련 없이 공작가의 문을 나섰다.

그 인연이 40년이 지난 지금에서야 다시 이어지려 하고 있었다.

"내 도움이 필요 없다고 했던 건 너다. 그런데 이제 와서 도와달라는 말이냐?"

지난 날의 앙금이 남아 있는 것일까, 호르만이 눈살을 찌푸렸다.

예전 발렌시아 공작가의 식객으로 머물 때라면 흔쾌히 도와줬을 것이다. 하지만 지금은 발렌시아 공작의 청을 들어 줄 이유가 없었다.

'자, 이제 어떻게 나설 것이냐?'

호르만의 음침한 시선이 발렌시아 공작에게 향했다.

'자존심을 꺾어야 하는가.'

고심하던 발렌시아 공작이 이내 입술을 깨물었다.

"지난 일은 용서해 주십시오."

어렵게 사과를 내뱉으며 호르만 앞에 발렌시아 공작이 무릎을 꿇었다.

그의 표정이나 눈빛으로 봤을 때 진심과는 거리가 멀어 보였다. 하지만 그것만으로 충분하다는 듯 호르만은 깔깔 웃음을 터뜨렸다.

"됐다. 옛 제자가 찾아와 도움을 청하는데 스승으로서 어찌 두고 볼 수 있겠느냐."

옛일을 털어 내듯 호르만이 발렌시아 공작에게 손을 내밀었다.

"감사합니다, 스승님."

발렌시아 공작이 이를 빠득 물며 몸을 일으켰다.

"이 녀석들이라면 널 도울 수 있을 게다."

호르만이 손가락을 튕기자 어둠 속에서 검은 갑주 차림의 기사 셋이 모습을 드러냈다.

"이들은… 인간입니까?"

흑기사들에게서 음습함을 느낀 발렌시아 공작이 호르만을 바라봤다.

"내 도움이 필요한 게 아니었더냐?"

호르만의 입가를 타고 비릿한 웃음이 번졌다.

"설마 흑마법에 손을 대신 것입니까?"

발렌시아 공작이 자신도 모르게 미간을 찌푸렸다.

비록 마법과는 거리가 먼 검가의 사람이지만 흑마법에 대한 선입견은 마법사만큼이나 컸다.

특히나 죽은 자들의 몸이나 영혼을 조종하는 흑마법은 마법계에서도 가장 배척받고 외면 받는 부류에 속했다.

"선택은 네 몫이다."

호르만은 굳이 강요하지 않았다.

어차피 도움이 필요한 것은 위기에 몰린 발렌시아 공작이다. 자신은 그저 제자를 도울 수 있는 최선의 방법을 제시한 것뿐이다.

"이들의 실력은… 어느 정도나 됩니까?"

고심하던 발렌시아 공작이 조심스럽게 물었다.

"글쎄… 확실히는 모르겠지만 최소한 너 정도는 쓰러Em릴 수 있지 않겠느냐?"

호르만의 입가에 맺힌 웃음이 더욱 비려졌다.

"……!"

반면 발렌시아 공작은 충격을 금치 못했다.

10년을 겪어 온 호르만은 거짓말을 할 사람이 아니다. 허풍을 떨 자는 더욱 아니었다.

'내 실력을 능가하는 자가 셋이라면 리먼 대공도 쓰러뜨릴 수 있다. "

나름대로 계산을 끝낸 발렌시아 공작이 이내 고개를 끄덕였다.

"잘 생각했다."

호르만이 웃으며 흑기사들과 연결된 어둠을 발렌시아 공작에게 흘려주었다.

철컥!

흑기사들이 음울한 안광을 흘리며 발렌시아 공작을 향해 허리를 굽혔다.

3

"서둘러라!"

호르만의 은신처를 떠난 발렌시아 공작은 재빨리 공작성으로 말머리를 돌렸다.

이곳에서 공작성까지는 5일 거리였지만 흑기사들이 마상에 익숙하지 못하다는 걸 감안하면 중간에 마차를 구해야 할 것 같았다.

마차라면 쉬지 않고 달린다 할지라도 일주일은 족히 걸릴 터.

'12일이라… 그때까지는 어떻게든 버티겠지.'

초조한 마음이 없지 않았지만 발렌시아 공작은 자신의 병사들을 믿었다. 마스터인 라무에르 후작과 로비엘 백작을 믿었다.

하지만 그가 잠깐 자리를 비운 사이, 전황은 너무나 급격하게 기울고 있었다.

"저곳이 넬로스 성인가?"

지평선 끝에 걸린 자그마한 성체를 바라보며 로데우스가 입가를 들어 올렸다.

"그렇습니다, 후작님."

칼리오스 공작이 공손히 답했다. 비록 작위는 자신이 더 높았지만 위대한 존재에게 함부로 말을 놓을 수는 없는 노릇이었다.

"병력은 3천 남짓이라고 했던가?"

"그렇습니다."

"그렇다면 별 볼일 없겠군."

전쟁이 시작된 이후 채 일주일도 되지 않아 3개의 영지와 10개의 성을 점령한 칼리오스 군의 사기는 하늘을 찌를 듯했다. 반면 초기 대응이 늦었던 발렌시아 공작 세력의 서부 방위군은 고전을 면치 못했다.

그 이면에는 총사령관으로 임명된 로비엘 백작의 안이한 판단이 한 몫을 차지했다.

로비엘 백작은 전선을 두텁게 해서 수비적으로 나가야 한다는 귀족들의 의견을 무시했다. 대신 자신과 기사들이 맘 편히 싸울 수 있는 평지까지 적을 끌어들였다.

그 결과는 대패.

"퇴각하라!"

로데우스와의 일전에서 오른팔이 잘린 로비엘 백작은 분루를 삼키며 말머리를 돌렸다. 그 과정에서 20만을 헤아리던 병력도 반토막이 난 상황이었다.

"이제라도 방어선을 구축해야 합니다."

"그 말이 맞습니다. 적들이 몰려오기 전에 병력을 재배치해야 합니다."

귀족들은 이제라도 늦지 않았다며 로비엘 백작을 설득했다. 그러나 화가 머리끝까지 치민 로비엘 백작의 귀에는 그들의 말이 들리지 않았다.

"내 영지까지 군을 물린다!"

로비엘 백작은 최후의 결전지로 자신의 영지인 로비엘 백작령을 선택했다.

그 과정에서 3개의 영지와 그곳에 딸린 9개의 성이 버림받았다. 그곳들을 칼리오스 공작은 차근차근 점령해 나가는 상황이었다.

"병력도 얼마 되지 않으니 내가 가서 윽박질러 보지."

로데우스가 한껏 입가를 들어 올렸다. 그러자 잠자코 듣고 있던 샤이니아가 끼어들었다.

"로데우스, 이번에는 내 차례인 걸 잊었나 보지?"

"네 차례라니 무슨 헛소리를 하는 거야?"

"헛소리? 지난 루판 성 공략 때 내가 양보했다는 사실을 잊은 건 아니겠지?"

단리명이라는 절대적인 중재자가 없는 상황에서 칼리오스 공작은 선봉의 권한을 로데우스와 샤이니아가 번갈아 차지하게끔 했다.

순서대로라면 루판 성 공략은 샤이니아의 차례.

하지만 바로 전날에 무리를 한 그녀는 마나 고갈을 핑계로 로데우스에게 양보를 했다. 인간 마법사들이 보는 앞에서 과욕을 부릴 수는 없던 것이다.

로데우스는 마다하지 않고 흔쾌히 샤이니아의 요청을 받아들였다. 기사들을 대동하고 순식간에 루판 성을 무너뜨려 버렸다.

그 사실을 로데우스가 잊을 리 없었다. 다만 샤이니아의 요청을 받아들였을 뿐 선봉의 기회를 교환했다고 생각하지는 않았다.

"흥! 난 네 차례에 대신 싸워준 것뿐이다."

"그러니까 이번 차례를 나에게 양보해야 할 게 아니야?"

"무슨 소리! 난 충분히 싸울 수 있다. 빌빌거리는 마법사와는 다르다고."

"뭐? 빌빌거리는 마법사?"

샤이니아의 눈에서 불똥이 튀었다. 이에 질세라 로데우스도 사납게 으르렁거렸다.

"또 시작이시군."

"그러게 말야."

일의 심각성을 모르는 병사들이 킥킥 웃음을 터뜨렸다. 하루에도 몇 번씩 부딪치다 보니 이제는 특별히 놀랄 것도 없었다.

그만큼 기사와 마법사의 대립은 흔한 일이었다. 문제는 그들의 정체.

자존심에 목숨 거는 드래곤들의 충돌은 때때로 큰 재앙으로 다가오게 마련이었다.

"두 분 그만 진정하십시오."

보다 못한 칼리오스 공작이 나서서 로데우스와 샤이니아를 만류했다.

"진정은 무슨, 난 흥분하지 않았다."

로데우스가 벌개진 얼굴로 말했다.

"빨리 이 녀석이나 치워 줘요."

샤이니아도 지지 않고 언성을 높였다.

'골치 아프게 됐군.'

처음 칼리오스 공작이 로데우스의 도움을 청한 건 그가 드래곤이기 때문이다. 그렇다고 그만 청할 수 없어서 굳이 마법사를 들먹인 것이다.

리먼 대공이라면 모르겠지만 정체를 알고 있는 자신이라면 몸을 움직이기가 편할 것이라 여겼다. 로데우스도 그 점 때문에 흔쾌히 청을 받아들였다.

문제는 단리명이 딸려 보낸 8레벨의 마법사 또한 드래곤이라는 사실이다.

샤이니아의 정체는 어렵지 않게 알 수 있었다. 누구나 두려워하는 로데우스에게 말싸움조차 지지 않으려는 건 같은 드래곤뿐이었다.

덕분에 두 드래곤의 호위를 받는 든든한 군대가 되었지만 여러모로 골치 아파진 게 사실이었다.

이번에도 마찬가지. 그로서는 로데우스와 샤이니아, 둘 중에 하나를 고르는 것 자체가 고역이었다.

그렇다고 계속 다투도록 놔둘 수는 없는 일.

"어쩔 수 없이 동전을 던지겠습니다. 두 분께서 원하시는 면을 선택해 주십시오."

칼리오스 공작이 주머니에서 금화를 꺼냈다.

"앞면."

"그럼 난 뒷면으로 하죠."

로데우스와 샤이니아가 재밌겠다는 듯 눈을 빛냈다.

마나만 있으면 무엇이든 조종할 수 있는 드래곤 앞에서 동전 던지기란 무의미한 장난일지도 몰랐다. 하지만 드래곤이 둘이라면 이야기는 달라진다.

"두 분께서 동전에 유치한 장난을 치지는 않으실 것이라 믿습니다."

금화를 손바닥 위에 올리며 칼리오스 공작이 단단히 주의를 주었다.

"걱정 마라."

"난 로데우스가 아니에요."

로데우스와 샤이니아가 당연한 말을 한다는 듯이 고개를 끄덕였다.

휘익!

잠시 뜸을 들이던 칼리오스 공작이 금화를 하늘 위로 던졌다.

툭. 투둑.

흙밭에 떨어진 금화가 뒷면을 보였다.

"쳇!"

로데우스가 못마땅하다는 듯 인상을 찌푸렸다. 반면 샤이니아는 당연이 그래야 했다는 것처럼 도도한 얼굴로 마법사들에게 다가갔다.

"그럼 이번 전투는 샤이니아 님께서 시작해 주십시오."

칼리오스 공작이 샤이니아에게 행운의 금화를 넘겨 주었다.

"호호, 맡겨만 줘요."

금화를 꼭 움켜쥔 샤이니아의 입가를 타고 오싹한 웃음이 번졌다.

4

승승장구하는 것은 비단 칼리오스 공작군의 이야기만은 아니었다.

"대공 전하, 이번에도 신을 내보내 주십시오."

단리명도 새롭게 합류한 창기사 덕분에 무척이나 수월한 싸움을 이어 가고 있었다.

"쥬피로스, 괜찮겠느냐."

"하하, 걱정하지 마십시오."

"그렇다면 좋다. 이번에도 선봉에 서라."

"감사합니다, 대공 전하."

단리명이 흡족한 얼굴로 쥬피로스를 바라보았다. 잘생긴 외모는 물론 시원시원한 성격과 호쾌한 창술이 흑풍대주였던 이천을 연상시켰다.

쥬피로스도 단리명을 마치 오랫동안 섬겼던 주군처럼 믿고 따랐다.

'쥬피로스 녀석 너무 빠져들었군.'

단리명의 뒤에서 그 모습을 지켜보던 하이베크는 쓴웃음을 지었다.

쥬피로스의 정체는 다름 아닌 블루 드래곤. 창 하나만큼은 기가 막히게 잘 다루지만 성격이 배배 꼬인 일족의 문제아 중 하나였다.

단리명을 돕기 위해 끌어들이기는 했지만 솔직히 통제가 가능할지 알 수가 없었다. 그래서 하이베크는 그에게 특별한 유희를 주문했다.

"그러니까 리먼 대공이 마계에서 총애하던 기사처럼 굴란 말이지?"

"그래. 그렇게만 하면 아마 로데우스보다도 대형의 관심을 받을 수 있을 거다."

"크흐흐. 그거 재밌겠는데?"

쥬피로스는 망설이지 않고 하이베크의 요청을 수락했다. 그것으로도 모자라 거의 완벽에 가까울 만큼 이한의 모습을 보여 주었다.

덕분에 지금껏 치렀던 10번의 전투에서 선봉은 언제나 그의 몫이 되어 버렸다.

'쥬피로스 녀석 불이 붙은 건 좋지만 적당히 몸을 사릴 줄도 알아야 하는데…….'

하이베크는 걱정이 앞섰다. 쥬피로스의 행동을 통제하는 것까지는 좋았지만 지칠 줄 모르는 그의 의욕만큼은 어찌할 도리가 없었다.

이대로 계속 선봉을 고집하게 놔뒀다간 다른 이들에게 의심을 받고 말 터. 게다가 선봉을 기다리는 귀족들도 적지 않은 만큼 양보가 필요한 상황이었다.

그런 줄도 모르고 쥬피로스는 여느 때처럼 아공간에서 애병을 소환했다.

쥬피로스가 사용하는 무기는 우레의 속성을 지닌 마계의 거창 썬더론.

"썬더론, 한바탕 놀 시간이다."

음침한 웃음과 함께 쥬피로스가 썬더론에 마나를 밀어 넣었다.

후르르릉!

마나를 머금은 썬더론의 창날이 반기듯 사나운 울음을 터뜨렸다.

5

"퇴, 퇴각하라!"

또다시 퇴각 명령을 내려야만 하는 라무에르 후작은 그야말로 죽을 맛이었다.

이번에도 뇌전의 기사를 막지 못했다. 그로 인해 성문이 뚫리고 대군이 물밀듯이 들이닥쳤다.

호락호락하게 당하지 않겠다며 마법 함정들을 준비했지만 무용지물. 뇌전의 기사가 창날을 휘두르는 순간 장난처럼 모든 함정들이 깨져 버렸다.

든든한 성벽이 버팀목이 되지 못한 순간부터 기사들과 병사들은 겁에 질려 버렸다.

"커어억!"

"크아악!"

제대로 적과 마주하다 죽은 이들보다 도망치다 등을 내준 이들이 몇 배는 많아 보였다.

"후, 후작님!"

"어서 피하십시오! 곧 적들이 몰려올 것입니다!"

잠깐 어지럽게 눈을 움직이는 사이 적들이 코앞까지 밀고 들어왔다.

"제길!"

라무에르 후작이 입술을 깨물었다. 이렇다 할 싸움조차 하지 못하고 매번 도망쳐야만 하는 자신의 처지가 그저 참담하기만 했다.

라무에르 후작과 지휘부는 성을 버리고 후방으로 물러났다. 당도한 영지는 라무에르 후작성. 총사령관인 라무에르 후작의 영지였다.

이곳마저 무너지면 곧장 발렌시아 공작령과 이어지게 된다. 발렌시아 공작령의 일부라도 적에게 빼앗긴다면 군의 사기는 땅으로 떨어질 것이다.

"막아라! 기필코 막아야 한다!"

라무에르 후작이 발악하듯 소리쳤다. 하지만 정작 병사들의 표정은 밝지가 않았다.

군세라고 해 봐야 패잔병들을 긁어모은 6만이 전부. 반면 적은 여전히 10만의 병력을 유지하고 있었다.

　무지막지한 힘으로 성문을 깨부스는 뇌전의 기사가 존재하는 한 수성도 쉽지 않은 노릇.

　"발렌시아 공작님!"

　라무에르 후작이 애타게 발렌시아 공작을 찾았다. 지금으로선 발렌시아 공작의 부재가 뼈아프기만 했다.

Chap. 48

발렌시아 공작성이 무너지다

1

덜컹! 덜컹!

팔두마차가 요란스럽게 지축을 내달렸다.

"서둘러라!"

초조한 눈으로 창밖을 바라보던 발렌시아 공작이 짜증스럽게 소리쳤다.

벌써 날이 저물고 있었다. 하지만 마차는 겨우 발렌시아 공작령에 들어선 상황이었다.

"노, 노력하고 있습니다. 공작님."

겁에 질린 마부의 입에서 절로 앓는 소리가 튀어 나왔다.

무려 나흘째 뜬 눈으로 마차를 몰면서도 말고삐와 채찍을 놓지 않을 만큼 마부는 최선을 다하고 있었다. 그럼에도 불구하고 마차가 제 속력을 내지 못하는 건 순전히 말들이 지친 탓이다.

그렇다고 말들이 비루했던 건 아니다. 발렌시아 공작이 탈마차다 보니 일부러 준마들만을 가려 뽑았다.

그런 녀석들이 고작 닷새만에 지칠 만큼 마차는 너무나 무거웠다. 정확하게 말하자면 흑기사들의 무게가 말들을 고되게 만들었다.

흑마법으로 이루어진 그들의 몸뚱이는 단단한 강철로 이루어져 있었다. 그렇다 보니 완전무장을 한 어지간한 기사들보다 서너 배는 더 무거웠다.

지친 말들을 달래고 다독이며 쉬지 않고 내달리는 건 경험 많은 마부에게도 고되고 버거운 일이었다. 그런 사실조차 모른 채 무작정 닦달한다고 해서 마차가 빨라지는 건 결코 아니었다.

하지만 애석하게도 마부는 다음번 경유지에서 목이 잘리고 말았다.

늑장을 부렸다고 여긴 말들도 마찬가지.

"저만 믿으십시오, 공작님."

새롭게 발렌시아 공작을 모실 기회를 얻은 마부가 가슴을 두드렸다. 머잖아 자신에게 닥칠 어둠의 그림자는 생각지도 못한 채.

발렌시아 공작이 공작성을 향해 되돌아 올 무렵.

"저곳이 바로 로비엘 백작성입니다."

칼리오스 공작군은 발렌시아 공작 세력의 서부 방위군이 집결한 로비엘 백작성까지 진군해 있었다.

"저곳에 그 겁쟁이 녀석이 있단 말이지?"

로비엘 백작성을 올려다보며 로데우스가 눈을 빛냈다. 아무래도 당장 상대할 수 있는 유일한 마스터다보니 욕심이 나는 모양이었다.

하지만 애석하게도 이번에 로비엘 백작성을 공략할 권한은 샤이니아에게 있었다.

"그 부담스러운 얼굴은 치워 주지 그래?"

"뭐야?"

"백날 그렇게 기다려 봐야 소용없다고. 로비엘 백작인지 뭔지 하는 녀석은 우리 마법병단의 마법 앞에 통구이가 될 테니까."

"토, 통구이라니!"

내심 로비엘 백작과의 기사전을 기대했던 로데우스가 악을 내질렀다.

아무리 무식한 마법사라도 그렇지 전쟁의 꽃이라 불리는 기사전을 모욕하다니!

도저히 웃어넘길 수가 없었다.

하지만 마법사들에게 있어서 기사전이란 그저 뽐내기 좋아하는 기사들의 병정놀이에 불과했다.

"시끄럽게 굴지 말고 저만치 떨어져서 기도나 해. 로비엘 백작이 무사하도록 말야."

샤이니아가 홱 하고 고개를 돌렸다. 그녀의 뒤로 루바츠와 제록스가 바짝 따라붙었다.

"루바츠."

"여기 있습니다."

"네게 오른쪽을 맡기겠다."

"알겠습니다, 샤이니아 님."

루바츠가 마법1군단과 함께 로비엘 백작성의 오른쪽으로 움직였다.

"제록스."

"부르셨습니까?"

"욕심 부리지 말고 때를 맞춰 왼쪽을 무너뜨려라."

"맡겨만 주십시오."

로비엘 백작성의 왼쪽은 마법2군단과 제록스의 몫으로 떨어졌다.

루바츠와 제록스는 샤이니아가 구성한 마법병단의 군단장이었다. 그렇다 보니 전쟁이 시작되면 그들은 언제나 선두에 서서 마법사들을 지휘했다.

그렇다고 둘의 사이가 가까운 건 아니었다. 아직까지 동료보다는 경쟁자의 인식이 더 컸다.

200명의 마법사들로 구성된 마법1군을 이끌고 있는 루바츠는 본디 메르시오 백작의 사람이었다. 그러나 그는 단리명의 곁에 8레벨의 마법사가 나타났다는 소문을 듣고 메르시오 백작의 곁을 떠나 샤이니아에게 달려왔다.

메르시오 백작 또한 마법 발전에 도움이 될 수 있겠다며 흔쾌히 루바츠를 보내주었다.

루바츠는 샤이니아의 명성을 듣고 찾아온 마법사들 중에서도 단연 두각을 보였다.

본디 그는 6레벨의 경지에 오른 실력자였다. 그는 샤이니아의 도움을 받아 순식간에 6레벨 마법을 마스터했다. 거기에 단리명과의 인연까지 겹치면서 샤이니아의 오른팔로 자리매김하게 되었다.

반면 티마르 공작가의 마법사였던 제록스는 보이지 않는 멸시를 이겨내고 마법2군단장이 되었다.

그가 휘하에서 부리는 마법사들은 무려 300명. 숫자는 더 많았지만 실제 능력 있는 마법사들은 마법1군단에 배치된 상황이었다. 그렇다 보니 아무래도 마법1군단을 의식하고 루바츠를 견제했다.

샤이니아도 암암리에 그런 경쟁 관계를 묵인했다. 오히려 마법 실력이 발전하기 위해서는 선의의 경쟁이 필요하다고 생각했다.

그것은 전쟁에서도 마찬가지다. 단리명에게 필요한 것은 능동적으로 싸우는 전투 마법사지 연구실에 처박혀 개인의 영달만을 누리려는 이기적인 마법사가 아니었다.

전투 마법사가 되기 위해서는 전투 경험이 풍부해야 하는 법. 결국 전선으로 밀어낼 수밖에 없었다.

"슬슬 시작할 때가 됐군."

마법 1군과 2군이 자리를 잡자 샤이니아가 오른손을 번쩍 들었다.

"지금이다!"

초조한 얼굴로 샤이니아 쪽을 바라보던 루바츠가 힘껏 소리쳤다.

"파이어 레인!"

"윈드 브레스트!"

마법1군단의 마법사들이 둘로 나뉘어 각각 화계 마법과 풍계 마법을 난사했다.

쿵! 쿠웅!

하늘에서 날아든 불꽃의 화살이 그대로 성벽 위로 떨어져 내렸다.

후아아앙!

성벽 주위로 사납게 몰아치는 바람은 불꽃을 더욱 활활 타오르게 만들었다.

"으아악! 불이다!"

"뒤로 물러서!"

정면의 대군에만 집중하고 있던 동문의 병사들이 비명을 내질렀다. 그 사이 마법을 준비한 마법2군단에서도 한껏 마나를 개방했다.

"크리스탈 크러쉬!"

"랜드 쇼크!"

마법2군단에서 준비한 마법은 빙계와 대지 마법이었다. 하지만 그 위력은 마법1군단에 비해 확실히 부족해 보이는 게 사실이었다.

그것은 어쩔 수 없는 일. 여러 명의 마법사들이 모여 협공을 펼칠 때는 서로 간에 수준이 비슷해야만 제대로 된 위력을 낼 수 있다. 하지만 마법2군단의 마법사들은 개인 간의 편차가 큰 편이었다.

실력이 부족한 마법사들은 단체 마법에 끼지도 못했다. 그들은 개별적으로 성벽을 향해 마법을 날렸다.

"아이스 애로우!"

"윈드 스피어!"

위력은 대단치 않았지만 성벽을 향해 날아든 마법의 효과는 상당했다.

"컥!"

"크악!"

우왕좌왕하는 병사들이 마법을 얻어 맞고 바닥을 나뒹굴었다. 몇몇 운이 나쁜 자들은 균형을 잡지 못하고 성벽 아래로 떨어져 버렸다.

"마법사들은 뭣들 하고 있느냐!"

생각지도 못했던 마법 공격이 시작되자 로비엘 백작이 악을 내질렀다.

"안티 웨이브!"

"리무브 마나!"

"마나 컨퓨즈!"

십여 명의 마법사들이 둘로 나뉘어 간섭 마법을 펼쳤다. 하지만 그들의 힘으로는 잘 조련된 마법 병단을 막을 수가 없었다.

동쪽과 서쪽에서 시작된 혼란은 순식간에 중앙까지 밀려들었다. 꿈쩍도 하지 않는 적의 대군에게 그야말로 우스운 꼴을 보이고 만 것이다.

"크아악! 더 이상은 못 참겠다!"

결국 인내심이 바닥을 드러낸 로비엘 백작이 성문을 열고 뛰쳐나갔다.

"크하하! 이놈!"

로데우스가 기다렸다는 듯이 말을 몰아 로비엘 백작을 마중했다.

"칼리오스 공작!"

로비엘 백작은 죽을 때 죽더라도 칼리오스 공작의 목을 벨 생각이었다. 하지만 그의 바람은 로데우스의 날선 도끼 앞에 허무하게 무너지고 말았다.

"커어억!"

단 일격에 목숨을 잃은 로비엘 백작이 볼썽사납게 말에서 떨어졌다. 바로 그 순간,

"해비 스톰!"

샤이니아가 구현해 낸 7레벨의 풍계 마법이 그대로 백작성을 후려쳤다.

3

로비엘 백작성이 함락 직전까지 몰린 시각.

"막아라! 막아야 한다!"

힘겹게 버티는 리무에르 후작의 입에서도 연신 비명이 터져 나왔다.

높고 튼튼한 리무에르 후작성을 이용해 최후의 전투를 펼치겠다는 그의 생각은 나쁘지 않았다. 다만 상대가 너무 강할 뿐이었다.

번개를 부리는 뇌전의 기사를 막기 위해 성문마다 철을 둘렀다. 그것으로도 모자라 성문을 아예 돌과 흙으로 막아 버렸다.

하지만 그러한 노력으로도 뇌전의 기사를 막기는 역부족이었다.

"흥! 어림 없다!"

더욱 단단해진 성문을 향해 쥬피로스가 있는 힘껏 창을 내던졌다.

쿠아아앙!

푸른 빛 마나를 머금은 썬더론이 그대로 성문을 박살내 버렸다.

"성문이 열렸다!"

"돌격하라!"

열린 성문을 향해 기다렸다는 듯이 기사들과 병사들이 달려들었다.

"성문을 막아라!"

"방패병! 방패병!"

성문의 단단함만을 믿었던 병사들은 순식간에 혼란에 빠졌다. 제대로 틈을 매우지 못하고 밀려드는 적들에게 공간을 내주고 말았다.

그런 전투가 동시다발적으로 이루어지고 있었다.

가뜩이나 적들보다 사기도 낮고 군세도 적은 상황에서 정면전을 펼치는 건 무리였다. 그렇다고 또다시 성을 버리고 도망칠 수는 없었다.

"라무에르 후작님!"

"적들이 몰려오고 있습니다!"

겁에 질린 귀족들이 라무에르 후작에게 달려들었다.

다른 때 같았으면 그들과 함께 몸을 피했을 것이다. 하지만 그에게는 더 이상 버릴 자존심이 없었다.

"그대들은 즉시 공작님께 가시오. 가서 적들이 만만치 않다는 사실을 말씀드리시오."

"후, 후작님은 어쩌시려고요?"

"나는… 이곳에 남겠소."

"후작님!"

놀란 귀족들은 한목소리로 라무에르 후작을 설득했다.

이미 끝난 싸움이었다. 성이 제 구실을 못하는 이상 패배는 시간 문제였다.

그렇다면 마스터인 라무에르 후작이라도 살아서 발렌시아 공작의 곁을 지켜야 했다.

하지만 라무에르 후작은 그것조차 부질없는 짓이라며 고개를 흔들었다.

차마 내색하진 않았지만 모든 게 비관적이었다. 이 자리에 발렌시아 공작이 있다 할지라도 적의 대군을 막아낼 수 있을 것 같지가 않았다.

"더 늦기 전에 어서 가시오! 어서!"

라무에르 후작이 귀족들을 떠밀었다.

"후작님, 꼭 돌아오십시오."

"먼저 가서 기다리고 있겠습니다."

서로 눈치를 보던 귀족들이 마지못해 등을 돌렸다.

'공작님, 죄송합니다.'

그들을 따라 발렌시아 공작령 쪽을 바라보던 라무에르 후작이 이내 검을 뽑아 들었다.

"이놈! 덤벼라!"

그의 노성이 병사들을 도륙하는 뇌전의 기사의 귓가에 울렸다.

"크ㅎㅎㅎ!"

쥬피로스가 탐스러운 먹잇감을 찾은 듯 한껏 입가를 비틀어 올렸다.

4

"라무에르 후작과 로비엘 백작이 죽었다니!"

예정보다 하루 일찍 공작성에 도착한 발렌시아 공작은 충격에 몸을 휘청거렸다.

자신이 도착할 때까지는 어떻게든 버텨 줄 것이라 믿었던 병사들이 전멸에 가까운 타격을 입었다고 한다. 그들을 이끌던 두 마스터들도 이미 명을 달리했다고 한다.

로비엘 백작이 이끄는 서군은 어쩌면 어렵게 됐을지도 모른다고 생각했다. 하지만 믿었던 라무에르 후작이 힘 한 번 써 보지 못하고 자신의 영지에서 옥쇄했다는 소식은 발렌시아 공작을 주저앉게 만들었다.

"맥고튼 백작, 반전의 기회는 있느냐?"

발렌시아 공작의 흔들리는 시선이 총전략관인 맥고튼 백작에게 향했다.

"죄송합니다, 공작님."

맥고튼 백작이 힘없이 고개를 떨어뜨렸다. 지금으로서는 더 이상 방도가 없었다.

"크윽!"

발렌시아 공작의 입에서 신음이 터져 나왔다. 잠깐의 방심으로 선조들이 이루었던 모든 게 수포로 돌아가고 말았다는 사실이 도무지 믿어지지 않았다.

그렇다고 이대로 물러설 생각은 없었다.

"리먼 대공, 네놈만큼은 결코 살려 두지 않겠다."

발렌시아 공작이 입술을 질근 깨물었다. 분노 어린 그의 시선이 빠르게 가까워 오는 단리명을 향해 번뜩거렸다.

Chap.
49

발렌시아 공작의 최후

1

어슴프레한 새벽녘.

쿵! 쿵! 쿵! 쿵!

요란한 발소리가 발렌시아 공작성을 깨웠다.

"저, 적이다!"

"적들이 몰려온다!"

소란의 정체를 확인한 병사들이 절규에 가까운 비명을 내질
렀다.

발렌시아 공작가가 왕국 북쪽에 자리를 잡은 지도 어느덧
천 년. 여태껏 적국의 군대는 고사하고 다른 영지들의 군대조
차 함부로 지나지 못했다.

하지만 지금은 달랐다.

발렌시아 공작성을 향해 달려드는 적의 병력들은 25만에 달했다. 처음 하온을 나섰을 때와 비교해도 거의 변화가 없는 수치였다.

반면 발렌시아 공작성을 지키는 병력은 고작 4만에 불과했다.

그중 절반 이상이 크고 작은 부상에 시달리고 있었다. 남은 병력 중 절반도 영지의 사내들에게 억지로 갑옷을 입히고 무기를 들린 경우였다.

실질적인 전투 인원은 1만 남짓. 오랫동안 하밀 왕국을 호령해 온 발렌시아 공작가의 명성에 비한다면 초라하게 느껴질 정도였다.

그래서일까.

"하, 항복이오!"

병사들은 싸울 생각을 포기하고 자진해서 성문을 열어 버렸다.

발렌시아 공작을 향한 기대감이 아무리 크다 하더라도 일방적인 전쟁의 흐름이 바뀌지는 않을 것 같았다. 그렇다면 희생을 줄이는 게 최선의 선택이었다.

"크으윽!"

"제길!"

병사들이 무기를 놓자 기사들도 마지못해 고개를 떨어뜨렸다. 내색하지 않았을 뿐 그들이 느끼는 심정도 병사들과 크게 다르지 않았다.

덕분에 단리명의 군대는 성지처럼 여겨졌던 발렌시아 공작성에 무혈입성할 수 있었다.

"축하드립니다, 대공 전하."

"이제 발렌시아 공작의 항복만 남았습니다."

성급한 귀족들이 앞다투어 단리명을 축하했다.

전공을 주요 인물들이 독식해 버린 탓에 이렇게라도 자신의 존재감을 드러내려 애썼다.

하지만 단리명은 쉽게 긴장을 풀지 않았다.

항복할 생각이었다면 세력을 유지하고 있을 때 했을 것이다. 아무것도 남지 않은 상황에서 항복하는 건 발렌시아 공작답지 않았다.

아니나 다를까.

"대, 대공 전하!"

공작성의 내성에 들자 가신으로 보이는 노귀족 하나가 몸을 부르르 떨었다.

"발렌시아 공작의 말을 가져 왔느냐."

"그렇습니다, 대공 전하."

"말하라."

"공작님께서 지하 연무장에서 뵙기를 청하셨습니다."

단리명의 예상처럼 발렌시아 공작은 마지막 일전을 준비해 놓고 있었다.

"지하 연무장? 헉!"

"대형, 응하시면 안 됩니다."

자신도 모르게 지하를 향해 감각을 확장했던 로데우스와 하이베크가 동시에 소리쳤다. 샤이니아와 쥬피로스 또한 불쾌한 표정을 지우지 못했다.

그만큼 지하 연무장에서 느껴지는 기운은 음습하기만 했다.

자신들이 지키는 중간계에서 이런 기운을 만들어 내는 자들은 하나뿐.

'그들이다!'

'놈들이 근처에 있다!'

드래곤들은 이번 일에 숙적인 '그들'이 연관되어 있다고 확신했다. 당연히 함정일 게 확실한 지하 연무장에 단리명을 보낼 수가 없었다.

하지만 그런 속내를 단리명에게 설명할 길이 없었다. 그렇다 보니 단리명의 고집도 꺾지 못했다.

"걱정하지 말고 이곳에서 기다려라."

단리명이 노귀족의 안내를 받아 지하 연무장으로 걸음을 옮겼다.

저벅, 저벅.

힘 있는 그의 발소리가 지하에 무겁게 울려 퍼졌다.

2

"왔군."

단리명의 기척을 느낀 발렌시아 공작이 입가를 비틀었다. 그의 생각처럼 상대가 미끼를 덥썩 물어 버렸다.

이제 남은 건 흑기사들이 단리명을 상대하길 기다리는 것이다.

지금으로서는 흑기사들의 손에 단리명이 죽는 게 최선의 결과였다. 흑기사들을 어렵게 이긴 단리명을 자신의 손으로 끝내는 것도 나쁜 방법은 아니었다.

'제아무리 리먼 대공이라 할지라도 흑기사들을 어쩌지는 못할 것이다.'

쿵쾅거리는 심장을 달래며 발렌시아 공작이 단단히 주먹을 움켜쥐었다. 그 사이 단리명이 나선형의 계단을 내려와 지하 연무장으로 들어섰다.

그때였다.

"침입자를 쓰러뜨려라!"

발렌시아 공작의 목소리가 지하 연무장을 무겁게 울렸다.

그 순간,

스아아앗!

어둠 속에서 세 명의 흑기사들이 모습을 드러냈다.

3

"흥, 고작 이런 것이었나?"

자신을 향해 다가오는 흑기사들을 바라보며 단리명이 코웃음을 쳤다.

불리한 싸움을 반전시키기 위해 함정을 파 놓고 적을 유인하는 건 무림에서는 흔한 일이었다. 단리명도 여러 차례 천라지망을 겪은 적이 있었다.

그렇다 보니 지금처럼 함정이 기다리고 있어도 별다른 감정은 없었다.

중요한 건 무엇이 기다리고 있느냐는 것이다.

소림의 백팔나한진과 무당의 무당검진 속에서도 유유히 걸어 나왔던 단리명이다. 그를 고작 음충스런 기사 셋으로 막는다는 건 불가능해 보였다.

게다가 풍겨지는 기운조차 진마급의 마인의 수준을 벗어나지 못하고 있었다.

진마의 마인 셋이 덤벼 봐야 극마의 고수를 당해 내지 못한다. 하물며 단리명은 천마의 경지에 다다라 있다. 단순한 기운만으로는 도저히 상대가 될 수 없었다.

하지만 발렌시아 공작의 스승인 호르만이 괜히 호언장담했던 건 아니다.

깡! 까강!

놀랍게도 흑기사들은 단리명이 휘두른 수라마도를 태연하

게 막아내 버렸다.

비록 1성의 천마지존강기밖에 사용하지 않았다 할지라도 그 안에 담긴 위력은 상상을 초월했다. 드래곤인 하이베크나 로데우스조차 그 공격 앞에서는 감히 긴장을 늦추지 못할 정도였다.

그것을 제자리에서 받아 냈다는 건 그만큼 본신의 힘이 대단하다는 걸 의미했다.

"어디, 이것도 받아 봐라!"

단리명은 재빨리 천마지존강기를 2성 수준까지 끌어 올렸다. 이번에도 흑기사들은 단리명의 공격을 막아 냈다. 하지만 1성 때처럼 여유롭지 못했다.

'하백이나 노대수의 실력에 비할 정도는 아니지만 메르시오 백작보다는 강하군.'

단리명의 곁에서 성장에 성장을 거듭한 하이베크와 로데우스는 최근 들어 4성의 천마지존강기를 상대로 대련하고 있었다. 반면 인간인 메르시오 백작은 1성의 천마지존강기를 겨우겨우 막아 내는 수준이었다.

대륙의 기준으로 봤을 때 메르시오 백작의 실력은 마스터 상급. 조금만 더 노력한다면 마에스트로의 경지에 올라설 수 있었다.

그런 메르시오 백작보다 흑기사의 실력이 강해 보였다. 그들이 마치 무당삼검마냥 호흡을 맞춰 검을 휘두르자 단리명의 표정도 살짝 달라졌다.

하지만 그것도 잠시, 단리명이 순식간에 5성의 천마지존강기를 끌어 올리자 흑기사들이 지레 겁을 먹고 물러나기 시작했다.

흑기사들은 호르만이 만들어 낸 장난감에 불과했다. 그들로는 단리명을 쓰러트리기는커녕 압박하는 것조차 어려워 보였다.

게다가 흑기사들을 통제하는 어둠의 정체는 다름 아닌 마공. 모든 마공의 정점에 오른 천마지존강기 앞에서 감히 저항할 수가 없었다.

"사라져라!"

흑기사들의 약점을 파악한 단리명이 그 자리에서 천마후를 내질렀다.

후아아앗!

5성의 천마지존강기가 음파가 되어 흑기사들을 집어삼켜 버렸다.

쿵! 쿠웅!

순간 마공이 깨진 흑기사들이 볼썽사납게 앞으로 고꾸라졌다.

"안 돼!"

그 모습을 지켜보던 발렌시아 공작의 입에서 참담한 비명이 터져 나왔다.

지금 상황에서 흑기사가 쓰러져서는 안 된다. 최소한 단리명의 팔이나 다리라도 부러뜨려야만 했다.

"일어나라! 어서!"

발렌시아 공작이 있는 힘껏 소리쳤다. 그의 다급한 심정이 가느다랗게 남겨진 어둠의 끈을 타고 쓰러진 흑기사들에게 전해졌다.

그러자 흑기사들이 몸을 부들거리며 일으켰다. 비록 마공은 깨졌지만 철갑을 두른 몸을 이용해 단리명에게 덤벼들 생각이었다.

하지만 흑기사들이 다시 활개 치도록 내버려 둘 만큼 단리명은 너그럽지 못했다.

"그만 사라져라."

단리명이 천마지존강기를 움직여 흑기사들을 억눌렀다.

끄으으으

가래가 끓는 듯한 비명을 내던 흑기사들이 그대로 풀썩 주저앉아 버렸다.

"일어나! 일어나라고!"

발렌시아 공작이 다시 악을 질렀지만 소용없었다. 더 이상 흑기사들은 반응하지 않았다.

"서역에 천마신교의 제령강시가 있을 줄은 몰랐군."

흑기사의 머릿통을 잔혹하게 짓밟으며 단리명이 고개를 돌렸다. 그의 두 눈은 천마신교의 율법을 대행하던 그때처럼 매섭게 변해 있었다.

"말하라. 제령강시를 만든 게 누구냐?"

단리명이 피워 낸 천마지존강기가 겁에 질린 발렌시아 공작을 압박했다.

"컥, 커억!"

졸지에 숨통이 잡혀 버린 발렌시아 공작이 힘겹게 신음을 흘렸다. 반쯤 뒤집힌 그의 눈은 어느새 절망의 빛마저 어른거렸다.

'이런 마나 쇼크라니……'

마에스트로 중급의 경지를 넘어선 발렌시아 공작도 이 정도로 강력한 마나 쇼크를 구현해 내지는 못한다. 오랜 시간 노력한 덕분에 자유로운 유형화까지는 가능했지만 그마저도 수비에 한한 일이었다.

제국의 마에스트로들 중에서도 마나 쇼크로 동급의 상대를 단숨에 옭아 맬 재주를 가진 자는 없었다.

그러나 눈앞의 상대는 달랐다. 눈이 마주쳤다고 생각한 순간 오싹하고 소름 끼치는 기운이 자신의 온몸을 그대로 찍어 눌러 버렸다.

'정면 대결은 승산이 없다.'

발렌시아 공작은 어렵게 냉정을 되찾았다.

객관적으로 봤을 때 리먼 대공은 자신을 한참이나 뛰어넘는 강자였다. 그렇다면 무턱대고 덤벼드는 것보다는 빈틈을 찾아

파고들어야만 했다.

"다시 묻겠다. 제령강시를 만든 게 누구냐!"

발렌시아 공작의 코앞까지 다가온 단리명이 사납게 으르렁거렸다.

단리명이 말한 제령강시는 천마신교에서도 제조가 금지된 강시다. 그 방법조차 실전되어 지금은 거의 남아 있지 않은 상태였다.

비록 천마신교가 정사 중에 사파로 분류되어 있긴 하지만 죽은 시체를 이용해 강시를 만드는 걸 좋아하는 마인은 많지 않았다.

그것은 단리명도 그중 한 사람. 그렇다 보니 천마신교 내에서도 기존의 강시를 유지하는 것 이외에 새롭게 강시를 만들지 않았다.

그런 단리명의 눈앞에 제령강시가 나타났다. 그것도 무슨 비전을 섞었는지 문헌에 기록된 것보다 더욱 강력한 힘을 선보였다.

음공인 천마후에 당한 것으로 보아 천마 급이나 아수라 급의 제령강시는 아니었다. 그렇다면 야차급일 터. 그중에서는 제법 강한 축에 드는 동령이나 은령 정도가 되는 것 같았다.

물론 그 정도 위력의 강시는 강시를 연구해 온 자들이라면 어렵지 않게 제작할 수 있었다.

다만 문제는 통제하는 방법. 강시 자체에 마기를 주입해 강

화시킨 뒤 전투용으로 이용하는 건 확실히 천마신교의 방식이
었다.

단리명이 알기로 근래 들어 서역으로 넘어간 천마신교의 사
람은 없었다. 그렇다면 십중팔구 제령강시를 만드는 원본이
유출됐을 가능성이 높았다.

그 배후에 어쩌면 천기자나 정파인들이 관련되어 있을지도
모르는 일.

"똑바로 말하지 않으면 살지 못할 것이다."

단리명의 섬뜩한 목소리가 연무장을 울렸다. 그러자 발렌시
아 공작이 움찔 놀라며 목을 움츠렸다.

"말해라!"

단리명이 다시금 발렌시아 공작을 재촉했다.

"그, 그게……."

뭔가 할 말이라도 있는 것처럼 발렌시아 공작이 눈알을 굴
렸다.

그것을 망설임으로 생각한 것일까.

"어서 말해라!"

단리명이 발렌시아 공작에게 더욱 가까이 다가섰다. 그 순
간,

"죽어라!"

발렌시아 공작이 벼락같이 단리명의 품속으로 달려들었다.
그의 손에는 어느새 미스릴로 된 날카로운 단검 한 자루가 들

려 있었다.

실로 완벽한 기습이었다. 다른 이들 같았다면 아마 비명과 함께 쓰러졌을 것이다.

하지만 애석하게도 단리명은 조금 전부터 5성의 천마지존강기를 움직이고 있었다.

무공으로 전환되지 않고 방출된 천마지존강기는 호신강기처럼 주변을 돌다가 다시 단리명의 몸 속으로 빨려들어온다. 그 과정에서 외부의 위협을 느끼면 반발하듯 그 이상의 힘으로 되받아쳐 버린다.

그것도 모르고 겁도 없이 달려들었으니 결과는 뻔할 노릇이었다.

Chap.
50

순리대로

1

"커어억!"

비명과 함께 튕겨져 나간 발렌시아 공작은 다시 눈을 뜨지 못했다.

하밀 왕국의 절대 강자로 군림해 왔던 사내의 말로 치고는 제법 비참해 보였다. 어쩌면 감당할 수 없는 단리명에게 겁을 먹고 살기를 포기한 것인지도 몰랐다.

어쨌든 발렌시아 공작의 죽음과 함께 4대 공작의 반란도 끝이 났다.

"리먼 대공 전하 만세!"

"대공 전하 만세!"

겨울을 20여 일 앞두고 돌아온 단리명을 향해 하온의 백성들은 있는 힘껏 만세를 불렀다.

하르페 왕조의 시작 때부터 왕조가 바뀐 지금까지 하온은 왕국의 수도였다. 백성들을 보호하고 나라를 다스리는 군주가 머무는 곳이었다.

하지만 최근 들어 하온은 귀족들이 서로의 세를 자랑하는 경연장으로 바뀌고 말았다.

어느 나라든 왕실이 튼튼하고 왕권이 안정되어야 백성들의 삶이 윤택한 법.

그런 점에서 봤을 때 지금의 하밀 국왕은 군주의 재목이 아니었다. 그보다는 앞장서서 4대 공작의 반란을 수습한 단리명이야 말로 모든 백성들이 원하는 군주에 가까웠다.

그 사실을 하밀 국왕도 모르지 않았다.

"마음 같아선 리먼 대공에게 왕위를 물려주고 싶지만 본인의 뜻이 완고하니 어쩔 수 없지."

하밀 왕국, 아니, 곧 들어설 하르페 왕국을 위해서라면 단리명처럼 강한 군주가 다스리는 편이 나았다.

정통성 문제를 떠나 여왕이 다스리는 나라치고 시끄럽지 않은 나라가 없던 게 사실이었다.

하지만 단리명은 그럴 수 없다며 몇 번이고 못을 박은 상태였다. 게다가 드래곤들조차 레베카를 통해 하르페 왕국을 이어 가길 바랐다.

"베론 백작."

"부르셨습니까?"

"양위식을 준비하시게."

"야, 양위를 하시겠단 말씀이십니까?"

"지금이 때인 듯 싶으이."

군주의 자리에서 물러나겠다는 하밀 국왕의 표정은 더없이 밝았다.

결코 외압이나 분위기에 못 이겨 떠밀려나는 건 아니었다. 오히려 자신의 삶을 이렇게 마무리 지을 수 있어서 다행스러워했다.

그런 하밀 국왕의 진심이 결국 베론 백작을 설복시켰다.

"알겠습니다, 폐하."

베론 백작이 씁쓸히 고개를 숙였다.

"하하. 그동안 이 늙은이의 말상대가 되어 주어서 고마웠네."

하밀 국왕이 웃으며 권좌의 팔걸이를 쓸어내렸다.

2

하밀 국왕의 의지에 따라 곧바로 대전 회의가 열렸다.

"다들 들어서 알겠지만 기쁜 소식이 하나 있소."

하밀 국왕은 잠시 숨겨 왔던 레이첼의 존재를 귀족들에게 공개했다. 아울러 그녀를 하르페의 핏줄로 인정해 왕녀로 받아들이겠다고 선언했다.

4대 공작 중 셋이 죽고 칼리오스 공작 또한 레이첼을 보호하기 위해 반기를 들었다는 사실까지 전해 들은 귀족들은 누구 하나 반발하지 않았다.

오히려 이번 기회에 전쟁에서 큰 공을 세운 칼리오스 공작과 가까워지겠다는 듯 앞다투어 고개를 끄덕였다.

그러나 레이첼은 하밀 왕국의 왕족 목록에 두 번째 왕녀로서 이름을 올리지 않았다. 아니, 솔직히 말해 올릴 필요가 없었다.

"나도 이제 늙었소. 그만 쉬고 싶소."

하밀 국왕은 이어 레베카에게 왕위를 물려주겠다고 선언했다.

비록 하밀 국왕의 나이가 70을 바라보긴 하지만 아직까지 정정한 편이었다. 게다가 양위 대상자는 리먼 대공이 아닌 레베카 왕녀. 그렇다 보니 귀족들은 서로 눈치를 보며 망설일 수밖에 없었다.

하지만 그것도 잠시.

"왕국을 위해 훌륭한 결단을 내려 주신 점, 진심으로 감사드립니다."

칼리오스 공작이 선수를 치듯 입을 열자 분위기는 다시 급격히 휩쓸려 버렸다.

비록 그동안의 죄를 전공으로 씻었다곤 하지만 칼리오스 공작의 합류는 아직 낯설었다. 그런 그가 갑작스럽게 나섰다는 건 리먼 대공의 의지를 대신했다는 것으로밖에 볼 수가 없었다.

지금의 대전 회의에서 가장 중요한 건 하밀 국왕의 의지가 아니라 바로 단리명의 뜻이었다. 그가 찬성한다면 감히 누구도 반대를 할 수 없었다.

"옳으신 결단이십니다."

"폐하의 결단은 역사에 기록될 것입니다."

귀족들도 뒤늦게 분위기에 합류했다. 형식적으로나마 하밀 국왕의 결정에 감탄을 마지않았다.

"다들 고맙소."

제대로 된 왕 노릇 한 번 해 보지 못한 하밀 국왕이 자신도 모르게 눈시울을 글썽거렸다.

그렇게 그의 길었던 문지기 노릇도 끝이 나고 말았다.

3

하밀 국왕으로부터 임시적으로 모든 권한을 물려받은 단리명은 곧장 이즈마엘과 코르페즈를 불러들였다.

"코즈마엘. 하 매의 즉위식을 준비하라."

즉위식에 관련된 모든 일들은 하르페 왕실의 마지막 궁내 대신이었던 코르페즈에게 위임되었다.

"최선을 다하겠습니다. 대공 전하."

오랫동안 꿈 꿔 왔던 일이 실현되자 코르페즈는 감격의 눈물을 쏟아냈다.

"이즈마엘. 넌 하밀 왕국의 역사를 정리하라."

"하, 하밀 왕국을요?"

"4대 공작의 횡포로 일어난 모든 일들을 제대로 정리해라. 후대가 보고 다시는 귀족들에게 휘둘리는 일이 일어나지 않도록 하라."

"아, 알겠습니다."

중임을 맡은 이즈마엘도 몸을 부르르 떨었다.

사실 역사서 정리란 모든 학자들이 바람하는 일. 고작 20년 만에 사라진 왕조의 역사라는 게 아쉽긴 했지만 자신의 글을 하르페 왕조의 군주들이 두고두고 읽게 될 것이란 사실에 가슴이 콩닥거렸다.

양위와 왕조의 변경과 관련된 중요한 일들을 이들 둘에게 맡긴 뒤 단리명은 즉위식 때까지 레베카의 곁에 머물렀다.

"어, 언니. 축하해."

아직까진 사이가 서먹했지만 레이첼은 곧장 레베카의 처소를 찾아왔다.

"고마워, 레이첼."

그럴 때면 레베카는 더없이 고맙고도 미안한 얼굴로 레이첼을 맞아 주었다.

자신이 유일한 하르페의 후예란 사실을 알지 못하는 레이첼은 그런 레베카의 환대가 부담스러웠다. 그럼에도 자주 방문할 수밖에 없는 건 다름 아닌 단리명 때문이었다.

"대공 전하는 어디 계셔?"

"가가는 잠깐 후원에 나가셨어."

"그, 그래?"

레이첼은 단리명의 말만 나와도 가슴이 콩닥거리고 얼굴이 빨개졌다. 머릿속에 떠올리는 것만으로도 정신을 차릴 수가 없었다.

그녀의 그런 감정을 레베카가 눈치채지 못할 리 없었다.

'이 일을 어찌하면 좋지.'

단리명은 신탁이 자신에게 허락한 사내. 그를 다른 여인에게 양보하는 건 조금도 생각해 보지 않았다.

하지만 자신으로 인해 모든 걸 잃은 레이첼의 처지를 생각하면 자꾸 마음이 흔들리는 게 사실이었다.

'가가, 저는 어떻게 해야 하나요.'

레베카의 간절한 시선이 단리명을 향해 움직였다. 하지만 매정하게도 단리명은 여유롭게 후원을 거닐 뿐이었다.

4

레베카의 즉위식이 가까워질수록 귀족들은 삼삼오오 모여

호들갑을 떨어댔다.

역사상 첫 여왕의 탄생도 중요했지만 그보다는 즉위식 이후 대전 회의 때 있을 승작에 관심이 집중되었다.

"칼리오스 공작께서는 아마 지금의 자리를 지키시겠지요?"

"아마도 그럴 것 같습니다. 솔직히 말해 4대 공작 시절에도 왕국에 해가 되는 행동은 하지 않으셨지 않습니까."

"그럼 남은 공작의 자리는 셋인데 일단 유력한 후보는 두 후작님으로 봐야겠지요?"

"아무래도 그렇겠지요. 실력도 출중하시지만 무엇보다 대공 전하께서 아끼시니까요."

"마법사 샤이니아 님은 어떻게 생각하십니까?"

"글쎄요. 왕실 마법사로 임명되실 게 확실하지만 공작위를 받으실지는 좀 의문이 드는군요."

"하긴, 마법사들에게 작위는 크게 중요한 게 아니긴 하죠. 아마도 후작위 정도가 내려질 것이라 생각됩니다."

"그럼 남은 한 자리는 누구에게 돌아갈까요?"

"글쎄요. 아무래도 오랫동안 함께 한 메르시오 백작님이 유력하지 않겠습니까?"

"으음, 그럴 확률이 높겠군요."

하르페 왕국의 건국 초기부터 왕국의 공작은 넷으로 정해져 있었다. 그것을 당연하다고 여기는 귀족들은 남은 세 공작위를 누가 차지할지 궁금해 했다.

그중 두 자리는 거의 확정된 것이나 마찬가지였다. 로데우스와 하이베크. 각각 후작위에 오른 단리명의 의제들. 그들을 빼 놓고 이번 전쟁을 논하기란 어려웠다.

남은 한 자리의 윤곽도 어느 정도 정해져 있었다.

마법사 샤이니아, 메르시오 백작.

일단 둘이 유력하게 점쳐지는 가운데 이번 전쟁에서 눈부신 활약을 한 쥬피로스가 될지도 모른다는 말들이 오갔다. 단리명이 치른 전투의 모든 전투에서 선봉에 선 것으로 보아 대단한 총애를 받고 있다고 말이다.

실제 쥬피로스의 능력은 적지 않은 귀족들이 직접 지켜 본만큼 의심의 여지가 없었다. 다만 그가 급작스럽게 출현한 기사라는 점이 마음에 걸릴 뿐이었다.

하지만 애석하게도 중립 귀족을 대표해 왔던 루드멜 후작을 언급하는 이는 찾아보기 어려웠다.

작위로만 본다면 루드멜 후작도 유력한 후보 중 하나였다. 하밀 왕국의 후작들 중 살아남은 건 오이리스 후작과 그뿐. 그중 오이리스 후작은 칼리오스 공작의 휘하에 있었으니 승작의 대상이 될 수 없었다.

"어째서 날 무시하는 것이냐."

루드멜 후작은 귀족들의 냉대를 받아들일 수 없었다. 공작위 중 남은 한 자리는 당연히 자신의 몫이 되어야 한다고 생각했다.

하지만 단리명의 성격을 잘 알고 있는 귀족들은 루드멜 후작 쪽은 쳐다보지도 않았다.

"어리석은 자 같으니."

"그러게나 말입니다. 마지막까지 눈치를 보며 중립을 지킨 주제에 이제 와서 설치는 꼴이 우습지 않습니까?"

"저러다 대공 전하의 눈 밖에 나 버리면 자리보전조차 어려울 것을. 쯧쯧."

"내버려 두십시오. 머잖아 자신의 입장을 절실히 깨닫게 되겠지요."

귀족들의 외면 속에 루드멜 후작과 중립 귀족들은 더더욱 고립되어 갔다.

자신들의 안위를 위해 몸을 사린 자들의 말로는 이렇듯 처절하기만 했다.

5

"이 녀석들! 정신 똑바로 차려라!"

선친에 이어 왕실기사단장으로 임명된 로이젠 백작은 틈만 나면 기사들을 닦달했다. 하루 빨리 실력을 키워 왕실기사단의 이름에 어울리는 기사들이 되어야 한다고 역설했다.

덕분에 새로 뽑힌 기사들은 그야말로 죽을 맛이었다.

"크으윽."

"다, 단장님. 이제 그만……!"

아직까지 고된 훈련에 익숙지 않은 기사들은 오래 버티지 못했다. 하나가 주저앉으면 기다렸다는 듯이 와르르 무너져 버렸다.

"이놈들! 그러고도 네 녀석들이 왕실을 지키는 기사들이란 말이냐!"

로이젠 백작이 고래고래 소리를 질렀지만 소용없었다. 아직 어린 이들이 왕실을 대표하는 기사로 성장하기 위해서는 적지 않은 시간이 걸릴 것 같았다.

하지만 로이젠 백작은 자신의 처지에 큰 불만을 갖지 않았다. 비록 자신이 조련해 온 기사들과 왕실 수호군들을 떠나 보냈지만 오랫동안 꿈 꿔 왔던 왕실기사단장의 자리에 올랐다는 것 만으로도 감격스러울 노릇이었다.

반면 만성적인 적자에 허덕이는 왕실의 재정까지 떠맡은 베니키즈는 잠시도 불만을 멈추지 않았다.

"세상에! 이 빌어먹을 놈들 같으니. 마차를 바꾼다고 왕실의 돈을 가져다 썼단 말야?"

베니키즈의 눈부신 작업 능력 속에서 감춰졌던 귀족들의 잘못들이 속속들이 밝혀졌다. 4대 공작은 물론이고 하밀 왕국의 귀족명단에 이름을 올린 자들 중 비리를 저지르지 않은 자들이 없을 정도였다.

그만큼 하밀 왕실이 문제가 많았다는 의미.

"제길. 이번 즉위식을 성대하게 치르면 왕실 재정이 파탄나 겠는 걸."

사흘 만에 지난 백 년의 재정 상태를 정리한 베니키즈가 고 개를 흔들었다.

왕실에 남은 재화라고 해 봐야 500만 골드 남짓. 그것으로 는 즉위식조차 버거울 듯 싶었다.

하지만 세상에는 그런 위기를 기회로 여기는 자들이 많았 다.

"베니키즈 님. 호르무스 상단에서 사람이 왔습니다."

"호르무스 상단? 들어오라고 해."

단리명과 로데우스로부터 시작된 호르무스 상단과의 인연 은 베니키즈에게까지 연결되어 있었다. 베니키즈도 전쟁 물자 대부분을 호르무스 상단을 통해 해결했다.

그렇다 보니 호르무스 상단주 레오닉은 베니키즈의 성격을 확실히 꿰뚫어보고 있었다.

"이게 뭐지?"

"상단주께서 베르키즈 님께 드리라고 하셨습니다."

상인이 내민 서신을 살피던 베니키즈의 표정이 더없이 밝아 졌다.

무려 2,000만 골드가 찍힌 차용증이었다. 그것을 내놓는다 면 호르무스 상단에서 그만한 금화를 받아낼 수 있었다.

"크흐, 레오닉 이 녀석."

레오닉의 의도를 파악한 베니키즈가 한껏 입가를 비틀었다.

레오닉이 어마어마한 금액을 기부하지 않더라도 왕실과의 주요 거래는 호르무스 상단에게 맡길 생각이었다. 하지만 레오닉은 그것만으로 부족하다고 말한다.

독점 계약권.

최소한 3대 정도만 왕실과의 거래를 독점한다면 호르무스 상단은 어마어마한 부를 축적하게 될 것이다. 또한 대륙의 10대 상단에 버금가는 명성을 얻게 될 것이다.

그 기회를 레오닉은 놓치려 하지 않았다.

"조만간 내가 들르겠다고 전해라."

레오닉 덕분에 숨통이 트인 베니키즈가 히죽 웃었다.

"알겠습니다, 베니키즈 님."

얼핏 서신의 내용을 알고 있던 상인도 베니키즈를 따라 안도의 웃음을 흘렸다.

Chap.
51

신성제국의 사절단(上)

1

   겨울에 왕위를 이은 국왕은 단명한다는 속설 때문에 즉위식
은 해를 넘기게 됐다.

   "차라리 잘된 일이라고 사료됩니다."

   "잘된 일이라니?"

   "겨울 동안 잘 준비한다면 주변의 왕국들에게도 초청장을
보낼 수 있습니다."

   4대 공작을 굴복시킨 직후 즉위식을 서둘렀던 건 하밀 왕국
이 건재하다는 걸 보여 주기 위함이었다.

   어차피 겨울이 오면 주변국들도 함부로 움직이지 못할 터.
그때를 이용해 왕국을 안정시킬 생각이었다.

   하지만 즉위식이 늦춰진 지금은 계획을 변경할 필요가 있었

다.

군이 즉위식을 서두르지 않더라고 발렌시아 공작가를 순식간에 무너뜨린 덕분에 주변국들은 함부로 움직일 생각을 하지 못하고 있었다.

그렇다면 겨우내 즉위식을 준비했다가 봄에 주변 왕국들을 초청해 거창하게 거행해도 나쁘지 않을 것 같았다.

새로운 군주가 등극하는 즉위식에 초대받았다는 건 더없이 영광스런 일이었다. 군주가 참석하지 못한다면 최소한 왕족이나 고위 귀족을 보내 축하하는 게 관례였다.

지금 하밀 왕국의 사정을 놓고 본다면 즉위식에 참석할 나라는 없었다. 그렇다고 4대 공작 세력을 평정한 단리명이나 마에스트로로 이름을 날린 하이베크, 로데우스, 쥬피로스가 존재하는 하밀 왕국을 무시하기도 어려웠다.

현재를 보고 압박할 것이냐, 아니면 미래를 보고 손을 내밀 것이냐.

그 고민스런 일을 스탈란 남작은 주변국들에게 떠넘기려 하고 있었다.

"괜찮은 생각이군."

귀족들의 성화에 마지못해 즉위식을 미뤘던 단리명의 표정이 밝아졌다.

"생각들이 많을 테니 주변국들에게는 미리 초청장을 보내 놓도록 하겠습니다."

스탈란 남작도 슬쩍 입가를 비틀었다.

2

내년 봄, 레베카 왕녀님의 즉위식이 거행될 예정이오니 귀국의 참석을 바랍니다.

"허허."

초대장을 몇 번이고 들여다보던 자이렌 왕국의 메로스 국왕은 헛웃음을 감추지 못했다.

당초 예정대로라면 하밀 국왕은 갈갈이 찢기고 그중 칼리오스 공작 세력은 왕국의 영토가 되어야 했다. 하지만 결과는 더욱 강해진 왕국의 탄생이 되어 버렸다.

게다가 초청장과 함께 도착한 칼리오스 공작의 서신은 그를 더욱 당혹스럽게 만들었다.

제가 원하는 모든 것을 리먼 대공께서 이루어 주셨습니다. 그러니 예전의 약속은 없었던 것으로 하겠습니다.

아울러 한 가지 조언을 드리자면 결코 리먼 대공 전하를 적으로 돌리지 마시기 바랍니다. 리먼 대공 전하는 감히 저 같은 것은 바라볼 수조차 없을 만큼 강하고 매정하신 분이십니다.

오랫동안 교류해 온 것을 생각해 보낸 서신이었지만 메로스 국왕은 속이 쓰렸다.

솔직히 말해 그는 칼리오스 공작 세력보다는 칼리오스 공작이 탐났다. 그가 양성하고 있는 정령술사들을 자신의 것으로 만들고 싶었다.

하지만 그는 리먼 대공과의 일전에서 패하고 그의 수하로 들어가 버렸다. 그것으로도 모자라 이제는 리먼 대공의 충견을 자처하고 있었다.

칼리오스 공작의 성격상 허언을 하지는 않을 것이다. 만일 항간에 나도는 모든 소문이 사실이라면 리먼 대공은 물론 하밀 왕국, 아니, 하르페 왕국을 적으로 돌리는 건 무모한 짓이 되고 말 것이다.

"이 일을 어찌하면 좋겠는가?"

메로스 국왕이 대전을 향해 물었다.

"오랜 동맹국의 경사스런 일입니다. 참석해야 할 줄로 아룁니다."

"아닙니다, 폐하. 멀쩡히 왕이 살아 있는데 양위라니요! 이는 반역이나 다를 바 없습니다."

귀족들은 둘로 나누어 입씨름을 시작했다.

이 같은 사정은 다른 왕국들도 마찬가지였다.

자이렌 왕국과 국경을 나란히 한 후텐 왕국에서는 반대하는 귀족들이 주류를 이루었다. 반면 하밀 왕국 서쪽의 아이로크 왕국이나 동쪽의 모이란츠 왕국은 참석해야 하지 않겠냐는 의견이 좀 더 많았다.

그러나 결과적으로 어느 왕국도 똑부러진 결론을 내지 못했다.

그렇게 겨울이 거의 끝나갈 무렵.

"폐하! 신성 제국에서 사절단을 보낸다고 합니다!"

"신성 제국? 그게 참말이오?"

"그렇습니다. 그런데 사절단을 이끄는 게 파블로 법신관이라 합니다!"

"파, 파블로 법신관?"

갑작스런 신성 제국의 사절단 소식이 대륙을 휩쓸었다.

넓지 않은 영토를 지니고도 신성 제국이라는 이름에 빠져 주변 왕국들은 거들떠보지도 않았던 게 그들이다. 그럼에도 감히 무시하지 못했던 건 막강한 신성력을 지닌 법신관들과 그들이 이끄는 제13성기사들 때문이었다.

신성 제국 최강의 군대라 칭해지는 법신관과 제13성기사들은 지금껏 쉽게 모습을 드러내지 않았다. 그들은 오직 천주의 뜻에 어긋나는 이들을 징벌할 때만 움직였다. 그 외의 일들은 대신관이나 다른 성기사들에게 맡겼다.

그런 그들이 사절단으로 나섰다는 건 하밀 왕국이 천주의 뜻에 거스르는 짓을 행하고 있다는 의미.

"어떻게 된 일인지 소상히 알아봐라!"

메로스 국왕이 발을 굴렀다.

"알겠습니다. 폐하!"

귀족이 다급히 대전을 빠져나갔다.

3

신성 제국의 사절단 소식은 단리명의 귀에도 전해졌다.

"신성 제국이라… 한 번쯤 보고 싶었는데 잘되었군."

단리명의 눈매가 얄궂게 변했다.

초대받지 않은 손님이 호의를 가지고 제 발로 찾아오지는 않았을 터, 어쩌면 귀찮은 일이 생길지도 몰랐다.

그럼에도 관심을 갖는 건 그들과 천기자가 관련되어 있다는 생각 때문이다.

그러나 그를 제외한 다른 귀족들은 걱정스러운 표정을 감추지 못했다.

"신성 제국의 법신관이라니… 저들의 꿍꿍이가 무엇일까요?"

"글쎄요. 어쩌면 대공 전하께서 쥬오르 출신일지 모른다는 의심 때문이 아니겠습니까?"

"허허, 그것이 사실이 아니라고 밝혀진 지가 언제인데 이제 와서 나선다는 말이오?"

"신성 제국이야 원래부터 오만하지 않았습니까. 다만 그로 인해 주변국들이 동요하지 않기를 바랄 뿐입니다."

　신성 제국의 법신관과 제13성기사들에 대한 소문은 그들도 들어 알고 있었다.

　다른 때 같았으면 겁에 질려 어쩔 줄을 몰라했을 것이다. 하지만 그들에게는 리먼 대공을 비롯한 막강한 기사들이 함께하고 있었다.

　신성 제국이 작심하고 나섰다는 건 결코 호락호락하게 물러서지 않겠다는 의미. 그로 인해 주변국들이 어찌 나올지가 더욱 걱정스러웠다.

　하르페 왕국의 재건이라는 경사스런 일을 앞둔 하밀 왕국으로 폭풍이 몰아치려 하고 있었다.

Episode
2

금발 노인, 변덕을 부리다

1

우우웅.

석벽에 매달린 마나석이 갑자기 요란하게 울부짖기 시작했다.

"또 어떤 멍청한 녀석이 들어온 거야."

마법 실험에 열중하고 있던 금발의 노인이 신경질적으로 인상을 찌푸렸다. 가끔 있는 일이긴 했지만 중요한 실험을 앞둔 터라 신경이 잔뜩 곤두선 상황이었다.

"죽고 싶지 않으면 꺼져라."

웅웅거리는 마나석을 노려보며 노인이 사납게 소리쳤다. 하지만 애석하게도 마나석은 도무지 울음을 멈출 생각을 하지 않았다.

덕분에 실험도 실패.

"빌어먹을!"

노인이 짜증스럽게 결과물을 내던졌다.

퍼억!

돌처럼 굳어진 무언가가 벽에 부딪쳐 박살이 났다.

"이게 다 저 녀석 때문이야!"

그것만으로는 분이 풀리지 않는 듯 노인이 큼지막한 몽둥이를 들고 밖으로 뛰쳐나갔다.

순식간에 동굴을 빠져나간 노인의 발걸음이 향한 곳은 북쪽의 약초 밭. 크고 작은 실험을 위해 약초들을 재배하고 있는 그곳에 큼지막한 트윈 헤드 오우거가 쿵쾅거리며 뛰놀고 있었다.

보나마나 약초 중 무언가에 홀려 이곳까지 왔을 터.

다른 때 같았으면 다시는 발걸음하지 못하도록 따끔하게 혼을 내고 돌려보내 줬을 것이다. 눈알 하나를 뽑거나 한 팔을 잘라 버리는 식으로 말이다.

하지만 지금은 실패한 실험에 대한 분노를 풀 대상이 필요했다.

"너 이 자식, 잘 걸렸다."

노인이 자신보다 몇 배는 큰 트윈 헤드 오우거를 향해 성큼성큼 다가갔다.

"크르르!"

노인을 발견한 오우거가 맛난 먹잇감이라도 되는 듯 송곳니를 들어 올렸다.

하지만 그것도 잠시.

"이 찢어 죽여도 시원치 않을 놈이 감히 이빨을 드러내? 정녕 죽고 싶으냐!"

노인이 진정한 힘을 드러내자 오우거의 얼굴이 하얗게 질려 버렸다.

산중의 제왕이라 불리는 게 바로 오우거다. 그런 오우거들 중에서도 강하고 흉포하기로 소문난 별종이 바로 트윈 헤드 오우거였다.

트윈 헤드 오우거가 출몰하면 어지간한 마스터들조차 겁을 먹게 마련이다. 그만큼 트윈 헤드 오우거의 악력과 순발력은 당해내기가 어려웠다.

적어도 산에 사는 이들 중 트윈 헤드 오우거를 단신으로 물리칠 존재는 없다시피 했다.

하지만 딱 한 가지 예외가 있었다.

바로 드래곤.

천족이나 마족들조차 우습게 여기는 그들에게 산중의 제왕 쯤은 장난감에 불과했다.

애석하게도 괴팍스럽게만 보이는 노인 역시 위대한 일족이라 불리고 있었다. 그것도 모든 위대한 일족들이 기피하는 존재였다.

아마데우스.

최고령 드래곤이자 태고룡임에도 불구하고 일족들의 곁을 떠나 혼자 살아가는 고집스런 늙은이.

그의 실험을 방해한 것으로도 모자라 애써 키운 약초들까지 못쓰게 만들었으니 트윈 헤드 오우거는 살아 돌아갈 생각을 포기해야 했다.

"일단 좀 맞고 이야기하자."

트윈 헤드 오우거의 코앞까지 다가간 노인이 가볍게 몽둥이를 휘둘렀다.

순간 몽둥이를 타고 금빛 마나가 번지더니 미스릴처럼 단단해졌다. 그것이 인정사정없이 트윈 헤드 오우거의 복사뼈를 후려쳤다.

"꺼어어어!"

트윈 헤드 오우거의 입에서 자지러지는 비명이 터져 나왔다. 하지만 고작 그 정도로 아마데우스의 화가 풀릴 리 없었다.

"엄살 피지 마라. 제대로 버티지 못하면 대륙의 오우거들은 모조리 씨를 말려 버릴 테니까."

아마데우스의 입가를 타고 섬뜩한 말이 흘렀다.

중간계 최강의 존재인 드래곤이다. 그들이 작심하고 나선다면 많지 않은 오우거들을 몰살시키는 건 시간 문제였다.

비록 이타심이 부족한 오우거였지만 그렇다고 자신으로 인해 동족들이 모두 죽게 내버려 둘 수는 없었다.

"크으으윽!"

트윈 헤드 오우거가 질끈 입술을 깨물었다.

"옳지. 그래야지."

그제야 만족스럽다는 듯 아마데우스가 웃으며 몽둥이를 휘둘렀다.

2

"후우. 이제 개운하다."

몽둥이로 트윈 헤드 오우거를 곤죽으로 만들어 버리고서야 아마데우스는 분이 풀렸다. 하지만 그것도 잠시.

"이 빌어먹을 놈이 엉망으로 만들어 놨구나."

엉망진창이 된 약초 밭을 바라보자 다시 울화통이 치밀었다.

그렇다고 형체조차 알 수 없는 고깃덩어리에게 다시 화를 낼 수도 없는 노릇.

"끄응."

분을 삭이며 아마데우스가 마나를 끌어 올렸다.

후아아앗!

넓게 퍼진 마법이 망가진 약초밭을 처음과 다름없는 상태로 되돌려 놓았다.

"분도 삭일 겸 다시 실험이나 해야겠군."

아마데우스는 멀쩡한 약초 중 몇 개를 뽑아 레어로 되돌아갔다. 들끓는 감정을 추스르기에는 지루하기 짝이 없는 실험에 빠지는 게 딱이었다.

하지만 그의 실험을 방해하는 건 트윈 헤드 오우거만이 아니었다.

"주인님, 주인님!"

"이 녀석! 약초 밭이 엉망이 됐는데 여기서 뭘하고 있는 거냐?"

"지금 약초 밭이 중요한 게 아니라구요. 그보다는 레베카 님께서……."

"레베카? 레베카에게 무슨 일이라도 생긴 것이냐?"

레베카라는 말이 나오기가 무섭게 아마데우스가 약초를 집어 던지고 가디언의 팔을 붙잡았다.

"아, 아파요."

덕분에 팔이 마비되어 버린 가디언이 울상을 지었다.

오래 전부터 아마데우스는 중간계는 물론 일족들에게까지 관심을 갖지 않았다. 그러나 딱 하나, 예외가 있었으니 친딸처럼 여기는 레베카였다.

그렇지 않아도 그녀가 성년이 되었다는 소식을 듣고 멋진 선물을 만들어 주기 위해 실험에 몰두해 온 그였다.

하지만 번번히 실패. 덕분에 성년이 지난 지 한참이 지난 지금까지도 그녀를 만나러 가지 못하는 상황이었다.

하지만 지금은 그깟 선물에 목을 맬 상황이 아니었다.

"주인님. 큰일 났어요."

"큰일이라니?"

"레베카 님께서 마족 사내와 결혼하신다고 해요."

"뭣이! 그게 정말이냐!"

가디언이 힘겹게 털어놓은 말에 아마데우스의 얼굴이 벌겋게 달아올랐다.

레베카만큼은 세상에서 가장 멋진 일족에게 보내줄 생각이었다. 자신의 성에 차지 않으면 누구에게도 내 주지 않을 생각이었다.

그런데 드래곤도 아니고 마족이라니!

그런 시커먼 놈이 감히 자신의 소중한 레베카를 빼앗아갔다는 걸 도저히 참을 수가 없었다.

"이놈! 어림 없다!"

대륙을 매섭게 노려보던 아마데우스의 신형이 그대로 사라졌다.

"주인님! 레베카 님이 어디 계신지는 듣고 가셔야죠!"

뒤늦게 울린 가디언의 울부짖음이 공허하게 공간을 떠돌았다.

역사상 최강의 드래곤 아마데우스.

드래곤의 운명을 쥔 단리명.

모두가 걱정하던 그들의 충격적인 만남이 현실로 다가오고
있었다.

〈『마도군주』 제5권에서 계속〉

작가 블로그 : blog.daum.net/semin2007
소속 카페 : cafe.daum.net/withTeaJea

설정집

- 인물편 -

단리명 — 22세. 천마신교의 소교주. 별호가 구절공자인 만큼 못하는 게 없고 무공은 하늘에 닿아 있다. 천하제일녀를 찾아 차원을 넘는다. 하밀 국왕으로부터 대공의 작위를 받고 4대 공작의 반란을 제압한다.

레베카 — 3006세(20세). 성룡. 골드 드래곤. 순혈을 타고났으며 모든 일족의 사랑을 받는다. 단리명을 만나 신탁의 족쇄를 풀고 하밀 왕국의 왕녀로서 유희를 시작한다. 그러나 새롭게 나타난 레이첼에게 미안함을 느낀다.

로데우스 — 5979세(27세). 반고룡. 레드 드래곤. 레베카에게 청혼을 했다가 단리명에게 호되게 당한다. 이후 단리명의 아우가 되어 대륙에 뛰어든다. 하밀 왕국에서 후작의 작위를 받고 4대 공작을 제압하는데 힘을 보탠다.

하이베크 — 6014세(27세). 반고룡. 화이트 드래곤. 로데우스를 대신해 단리명에게 도전했다가 막혔던 검술의 벽을 넘어섰다. 이후 로데우스와 함께 단리명의 아우가 된다. 하밀 왕국에서 후작의 작위를 받고 4대 공작을 제압하는데 힘을 보탠다.

베니키스 — 5984세(27세). 반고룡. 그린 드래곤. 로데우스의 꾐에 넘어가 단리명을 돕는다. 재정 감각이 탁월하고 특이하게 돈을 좋아한다. 하밀 왕국의 심각한 재정 상태를 해결하기 위해 불철주야 노력한다.

샤이니아 — 5987세(27세). 반고룡. 실버 드래곤. 하이베크의 청을 받아들여 단리명과 함께한다. 8레벨 마법사로 분해 티마르 공작과의 싸움을 주도한다. 이후 대륙 마법사들의 새로운 희망으로 떠오른다.

쥬피로스 — 6011세(27세). 반고룡. 블루 드래곤. 하이베크의 청을 받아들여 단리명과 함께한다. 일족들 사이에서도 손꼽히는 창술을 구현한다. 흑풍대주인 이천을 흉내 내어 단리명의 환심을 산다.

이즈마엘 — 70세. 전 하르페 왕국의 대학자. 역사학 전공이며 박학다식하다. 단리명에게 이 세계의 언어를 전해 주었다. 이후 하밀 왕조의 역사를 정리하는 일을 맡고 있다.

코르페즈 — 61세. 전 하르페 왕국의 마지막 궁내 대신. 하르페 왕국의 혈통을 찾아 헤매다 단리명을 만난다. 단리명에게 이 세계의 풍습을 일러준다. 이후 레베카의 곁에 머물며 그녀의 말동무를 해 준다.

레오닉 — 29세. 호르무스 상단의 주인. 호르무스 상단을 대륙 상단으로 키우겠다는 야심을 가지고 있다. 재정 상황이 어려운 하밀 왕국을 원조하며 미래의 부흥을 꿈꾼다.

메르시오 백작 — 60세. 메르시오 백작가의 가주. 소드 마스터 상급의 실력자. 남부 연합을 이끌었으나 단리명에게 투항한다. 이후 그의 충실한 가신이 되어 앞장서서 싸운다.

스탈란 남작 — 36세. 메르시오 백작가의 가신. 메르시오 백작과 함께 단리명에 몸을 의탁한다. 정보에 관한 일은 물론 단리명의 곁에서 정략가로서 활약하고 있다.

로이젠 백작 — 31세. 로이젠 백작가의 가주. 하르페 왕조의 멸망과 함께 가문 또한 불타올랐지만 가신들의 희생으로 목숨을 구하고 복수를 꿈꾼다. 쓰라린 과거와는 달리 상당히 밝은 성격을 지니고 있다. 단리명을 신처럼 추종한다. 마스터 중급의 실력자.

루드멜 후작 — 65세. 루드멜 후작가의 가주. 왕국 동부의 중립 귀족들을 이끌고 있다. 끝까지 중립을 지킨 덕분에 자신의 자리는 유지했지만 그 이상의 영화를 꿈꾸고 있다.

루바츠 — 49세. 6레벨의 마법사. 풍계 마법이 특기다. 본디 메르시오 백작의 마법사였으나 샤이니아의 등장 이후 그녀를 좇는다. 덕분에 6레벨 마스터의 경지에 오르고 제1마법병단의 단장 자리까지 꿰찬다.

아르넬 — 35세. 메르시오 백작의 장남이자 잿빛 기사단장. 하르페 왕국의 마지막 근위기사단장으로서 레베카에게 충성을 다한다. 블레이드 마스터 상급의 경지를 보유하고 있다.

천기자 — 중원에서 100년 전쯤에 사라진 기인. 멸마공을

통해 천마신교를 압박한 유일한 존재로 단리명의 적의를 사고
있다.

하밀 국왕 — 67세. 하밀 왕국의 국왕. 하르페 왕실의 방
계 출신으로 4대 공작에 의해 왕위에 오른다. 꿈과는 다른 현
실 속에서 괴로워하다 레베카와 단리명을 만나게 된다. 단리
명이 숙적이나 마찬가지인 4대 공작을 무너뜨린 이후 스스로
왕위를 내려놓는다.

베론 백작 — 37세. 궁내 대신. 하밀 국왕을 따르던 유일
한 충신이었으나 지금은 단리명이 열 새로운 왕국에 희망을
걸고 있다.

레이첼 — 20세. 하르페 왕실의 유일한 후예. 오랫동안 칼
리오스 공작의 보호 속에서 자신의 진실한 신분을 모르고 살
아 왔다. 이후 왕녀의 자리를 되찾게 되지만 왕위는 레베카에
게 돌아가고 만다. 지금은 단리명을 향한 열병을 앓고 있다.

바르카스 공작 — 54세. 바르카스 공작가의 가주. 하밀 왕
국 4대 공작의 한 사람으로 도끼를 기가 막히게 다룬다. 단리
명의 등장 이후 자립을 시도하다 로데우스의 도끼에 목숨을
잃고 만다.

티마르 공작 — 59세. 티마르 공작가의 가주. 하밀 왕국 4대 공작의 한 사람으로 7레벨 마스터. 그토록 염원하던 8레벨의 경지를 죽기 직전에야 맛본 비운의 마법사다.

발렌시아 공작 — 65세. 발렌시아 공작가의 가주. 하밀 왕국의 4대 공작의 한 사람으로 마에스트로의 경지에 이른 강자다. 하르페 왕조를 무너뜨리고 보다 더 큰 뜻을 이루기 위해 노력해 왔다. 하지만 결국 단리명의 검 앞에 무릎을 꿇고 말았다.

칼리오스 공작 — 66세. 칼리오스 공작가의 가주. 하밀 왕국의 4대 공작의 한 사람으로 특급 정령사이다. 엘프의 피가 절반쯤 섞인 하프 엘프로 드래곤들을 잘 알고 있다. 하르페 왕조의 부활을 위해 잠시 하밀 왕국에게 등을 돌렸지만 결국 단리명에게 협조하게 된다.

케이로스 — 38세. 칼리오스 공작의 장남. 칼리오스 공작가를 이끌 유일한 사내. 상급 정령사로서 어려서부터 레이첼을 친동생처럼 아껴왔다. 단리명에게 섣불리 덤벼들다가 연달아 패한 굴욕을 맛본다.

라무에르 후작 — 51세. 라무에르 후작가의 가주. 발렌시아 공작의 최측근 중 하나로 마스터 중급의 실력자다. 발렌시아 공작을 대신해 단리명의 대군을 막았지만 역부족. 결국 전쟁 중에 목숨을 잃고 만다.

로비엘 백작 — 47세. 로비엘 백작가의 가주. 발렌시아 공작의 최측근 중 하나로 마스터 초급의 실력자다. 성격이 급하고 단순하다는 단점이 있지만 발렌시아 공작으로부터 서부 방위군을 통솔하라는 명을 받는다. 그러나 연전연패를 거듭하다 샤이니아와 로데우스의 협공 아래 허무하게 무릎을 꿇고 만다.

호르만 — ??세. 정체 불명의 노인. 발렌시아 공작가에서 잠시 검술 스승으로 머문 경험이 있다. 발렌시아 공작의 요청을 모른 척하지 않고 흑기사들을 내준다.

아마데우스 — 12665세. 태고룡. 골드 드래곤. 역사상 최강의 드래곤이라 불리지만 일족의 이단아로 낙인찍혀 있다.

- 용어편 -

남부 연합 — 반4대 공작 세력의 결집체. 남부의 8개 영지와 동부의 7개 중립 영지로 이루어져 있다. 단리명의 등장 이후 해체되었다.

라보라 — 용신검. 하이베크의 애검.

랜드 쇼크(Land Shock) — 4레벨의 대지 마법. 강력한 힘을 이용해 지면을 흔든다. 마법진이나 마나 공명을 통해 마나를 확장시킬 경우 6레벨에 버금가는 효과를 낼 수 있다.

리무브 마나(Remove Mana) — 3레벨의 보조 마법. 제거 마법. 이미 구현되어 힘이 약해진 마법의 성질을 제거한다.

마나 쇼크 — 마에스트로만이 사용할 수 있는 외부 마나 방출법.

마나 컨퓨즈(Mana Confuse) — 5레벨의 보조 마법. 간섭 마법으로 마나의 연동성을 방해한다.

맹금호(猛禽虎) — 서방을 수호하는 사신수. 사나운 바람을 일으키는 강철 호랑이의 형상을 띤다.

반고룡 — 5천 년이 지나 두 번째 탈피를 이뤄낸 드래곤들을 지칭하는 표현.

살루딘 — 마병. 로데우스의 애병.

썬더론 — 마병. 쥬피로스의 애병

아수라파천도식(阿修羅破天刀式) — 단리명이 익힌 극강의 도법.

아이스 에로우(Ice Arrow) — 2레벨의 빙계 마법.

안티 웨이브(Anti Wave) — 4레벨의 보조 마법. 간섭 마법으로 마나의 흐름을 방해한다.

오러(Aura) — 검을 통해 외부로 방출된 마나를 지칭하는 말. 오러급 기사들이 펼칠 수 있다.

윈드 브레스트(Wind Blast) — 4레벨의 풍계 마법. 강력한 바람을 일으켜 대기를 뒤흔든다. 마법진이나 마나 공명을 통해 마나를 확장시킬 경우 6레벨에 버금가는 효과를 낼 수 있다.

윈드 스피어(Wind Spear) — 3레벨의 풍계 마법.

잿빛 기사단 — 하르페 왕국의 마지막 근위 기사단. 정확하게는 예비 기사단이었으나 근위 기사단이 내란 도중 전부 목숨을 잃어 정식 근위 기사단으로 승격되었다. 오랫동안 하르페 왕국의 후손을 찾아 돌아다니다 레베카를 만난다.

제령강시 — 천마신교에서 만들어 낸 강시의 총칭. 강시로 사용되는 시신과 대법에 따라 천마 제령강시와 아수라 제령강시, 야차 제령강시로 나뉜다. 또한 그 안에서 완성도에 따라 금, 은, 동, 철, 목급으로 세분하기도 한다. 천마 제련강시는 천마지존강기를 지닌 교주나 부교주의 몸을 이용해야만 가능하다고 알려져 있다. 아수라 제령강시는 최소한 장로급 인사들의 시신을 이용해야만 만들 수 있다고 한다. 이러한 점들 때문에 제령강시는 천마신교 내에서도 썩 환영받지 못하는 분위기였다. 그러다 환마가 제령강시의 비급을 가지고 사라지면서 강시 제조도 표면 아래로 가라앉고 말았다.

천마후(天魔吼) — 단리명이 익힌 절대음공 중 하나.

크리스탈 크러쉬(Crystal Crush) — 4레벨의 빙계 마법. 거대한 얼음덩이를 만들어 순식간에 폭파시킨다. 마법진이나 마나 공명을 통해 마나를 확장시킬 경우 6레벨에 버금가는 효과를 낼 수 있다.

파이어 레인(Fire Rain) — 4레벨의 화염계 마법. 하늘에서 불꽃의 비를 내리게 한다. 마법진이나 마나 공명을 통해 마나를 확장시킬 경우 6레벨에 버금가는 효과를 낼 수 있다.

하온 — 하르페 왕국과 하밀 왕국의 수도.

해비 스톰(Havy Storm) — 7레벨 풍계 마법. 범위 마법으로 폭풍을 일으킨다.

흑풍대(黑風隊) — 소교주의 친위 부대.

마도군주

1판 1쇄 찍음 2010년 5월 20일
1판 1쇄 펴냄 2010년 5월 25일

지은이 | 진천(振天)
펴낸이 | 정 필
펴낸곳 | 도서출판 뿔미디어

기획 | 이주현, 한성재
편집책임 | 심재영
편집 | 장상수, 권지영, 조주영, 주종숙
관리, 영업 | 김미영
출력 | 예컴
본문, 표지 인쇄 | 광문인쇄소
제본 | 성보제책사

출판등록 | 2002년 9월 11일 (제1081-1-132호)
주소 | 부천시 원미구 중3동 1058-2 중동프라자 402호 (우)420-023
전화 | 032)651-6513 / 팩스 032)651-6094
E-mail | BBULMEDIA@paran.com
홈페이지 | www.bbulmedia.com

값 8,000원

ISBN 978-89-6359-431-6 04810
ISBN 978-89-6359-194-0 04810 (세트)